O POTENCIAL
ERÓTICO
DA MINHA MULHER

- *Cassino Hotel*, André Takeda
- *Cerco*, Daniel Frazão
- *Pessoas do século passado*, Dodô Azevedo
- *Timoleon Vieta volta para casa*, Dan Rhodes
- *Verdadeiros animais*, Hannah Tinti
- *Como me tornei estúpido*, Martin Page
- *Pequenas catástrofes*, Pablo Capistrano
- *Os amanhãs*, Hafid Aggoune
- *Um longo lamento*, Amanda Stern
- *Tudo se ilumina*, Jonathan Safran Foer
- *O potencial erótico de minha mulher*, David Foenkinos
- *Miss Corpus*, Clay Mcleod Chapman

David Foenkinos

O POTENCIAL ERÓTICO DA MINHA MULHER

Tradução de
REJANE JANOWITZER

Título original
LE POTENTIEL ÉROTIQUE DE MA FEMME

© Éditions Gallimard, 2004

Direitos para a língua portuguesa reservados
com exclusividade para o Brasil à
EDITORA ROCCO LTDA.
Avenida Presidente Wilson, 231 – 8º andar
20030-021 – Rio de Janeiro – RJ
Tel.: (21) 3525-2000 – Fax: (21) 3525-2001
rocco@rocco.com.br
www.rocco.com.br
Printed in Brazil/Impresso no Brasil

preparação de originais
MARIA ANGELA VILLELA

CIP-Brasil. Catalogação-na-fonte.
Sindicato Nacional dos Editores de Livros, RJ.

F68p   Foenkinos, David, 1974-
   O potencial erótico da minha mulher / David
Foenkinos; tradução de Rejane Janowitzer. – Rio de
Janeiro: Rocco, 2005.
   . – (Safra XXI)

   Tradução de: Le potentiel érotique de ma femme
   ISBN 85-325-1966-0

   1. Ficção francesa. I. Janowitzer, Rejane. II. Título.
III. Série.

                            CDD – 843
05-3200   CDU – 821.133.1-3

Para Victor

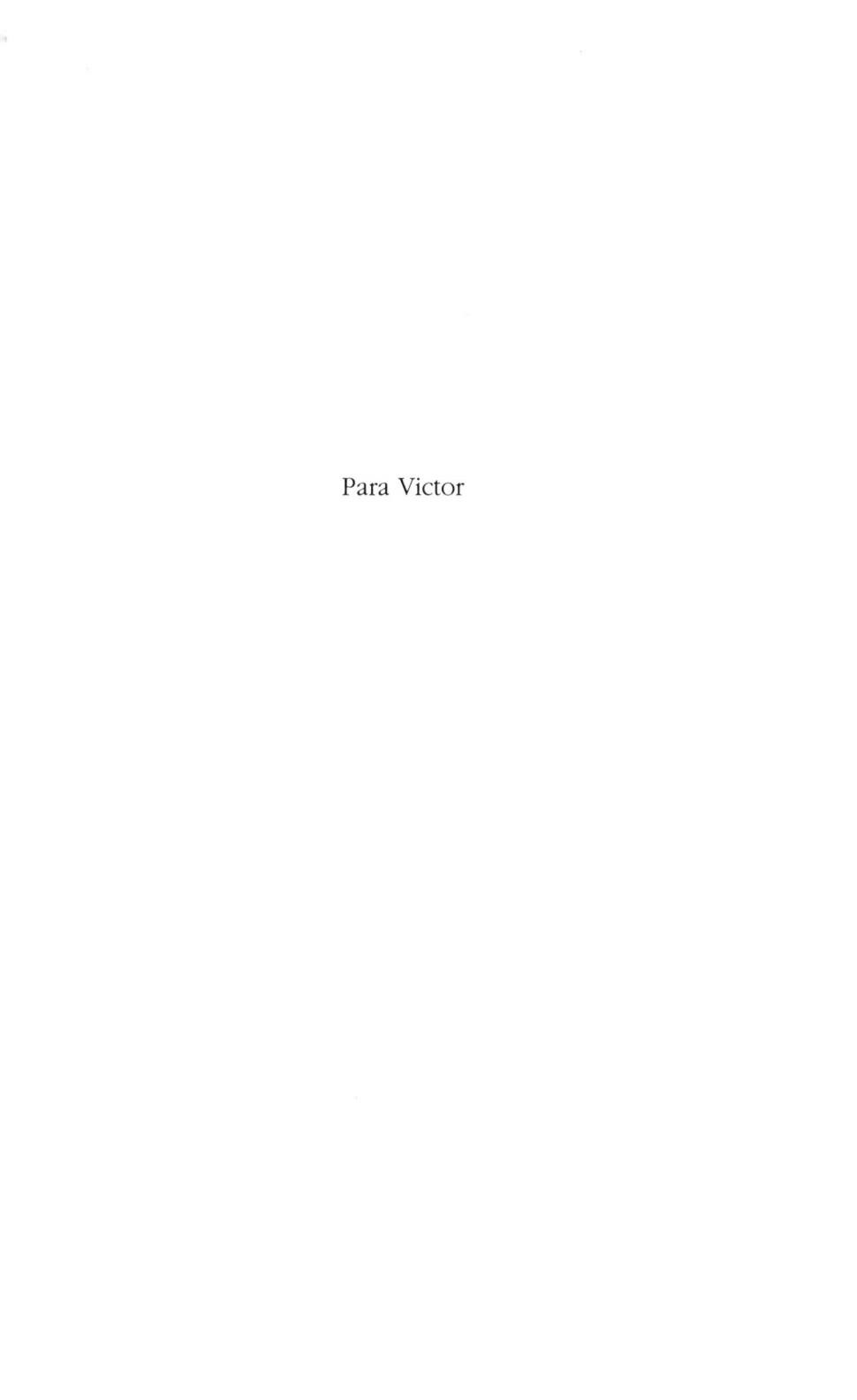

O autor agradece ao *Centre national du livre* pela ajuda.

David Foenkinos é laureado da *Fondation Hachette*, bolsa *Jeune Écrivain* 2003.

Como alcançá-la, onda sensual,
Você que me dá asas...
                                M

Em vão a razão me denuncia
a ditadura da sensualidade.

Louis Aragon

Primeira parte

UMA ESPÉCIE DE VIDA

I

Hector tinha cara de herói. Dava a impressão de estar pronto para a ação, para encarar todos os perigos da nossa imensa humanidade, inflamar as multidões femininas, organizar férias em família, discutir nos elevadores com vizinhos, e, em momentos de grande forma, entender um filme de David Lynch. Ele seria uma espécie de herói do nosso tempo, com bons músculos. Mas eis que acabara de decidir se suicidar. Já vimos heróis melhores, obrigado. Um certo gosto pelo espetáculo o fizera optar pelo metrô. Todo mundo saberia da sua morte, seria como uma *avant-première* na mídia de um filme que não vai passar. Hector oscilava suavemente enquanto escutava, por educação, as recomendações sonoras de não se comprar o bilhete com afobação; caso falhasse, seria útil se lembrar disso. Nada se sabia a respeito dele, e assim esse fracasso era um pouco esperado, ao menos para saber se é possível confiar na cara das pessoas. Uma coisa louca, essa cara de herói. Ele começava a ver embaçado, as pílulas soporíferas tinham sido engolidas antes do desfecho. Morria-se melhor dormindo. Em última análise, foi um acaso, pois Hector nos causou um mal-estar. Nos seus olhos, nada se via. Foi encontrado estirado num corredor do metrô, mais perto de Châtelet-Les-Halles do que da morte.

Seu corpo prostrado se parecia com um aborto. Dois padioleiros com caras de atleta dopado (a esta altura, desconfiemos das caras) vieram livrá-lo de todos aqueles olhos de trabalhadores encantados de ver situação pior que a deles. Hector só pensava em uma coisa: fracassando seu suicídio, acabara se condenando a viver. Foi transferido para um hospital onde tinham acabado de refazer a pintura; logicamente, se podia ler por toda parte: 'pintura fresca'. Ele ia se entediar por alguns meses naquela ala destinada aos convalescentes. Bem depressa seu único prazer foi um clichê: observar a enfermeira, sonhando vagamente em passar a mão nos peitos dela. Ele adormecia junto com esse clichê, um instante antes de admitir a feiúra da enfermeira. Vegetava em um estado no qual a desgraça parecia mítica. Esse julgamento parecia severo; a enfermeira podia ser sensual entre duas doses de morfina. E tinha aquele doutor que dava uma passada, vez por outra, como quem passa em uma festinha. Os encontros raramente duravam mais de um minuto, era preciso adotar um ar apressado para cuidar da reputação (era de fato a única coisa de que ele cuidava). Esse homem inacreditavelmente bronzeado lhe pedia para mostrar a língua para concluir que ele tinha uma bela língua. Era bom possuir uma bela língua, a gente se sente bem com uma bela língua, mas Hector estava pouco se lixando. Ele nem sabia o que estava esperando, era um grande deprimido gemendo do fundo da goela. Propuseram-lhe contactar a família ou amigos, se o cavalheiro tivesse a sorte de tê-los (discretamente, aventou-se a possibilidade de alugá-los). Estas opções foram descartadas com um silêncio pouco educado, bem, deixa para lá. Hector não queria ver ninguém. Mais precisamente, e como qualquer doente, não queria ver ninguém para que ninguém o visse no estado em que estava. Tinha vergonha de ser um trapo de homem entre o nada e o menos que nada. Chegara a telefonar para um amigo, fingindo estar no exterior, maravilhoso este Grand Canyon, que fendas; e desligara, uma vez que era ele o Grand Canyon.

A enfermeira o achava simpático, chegara até mesmo a lhe dizer que ele era um homem *original*. Pode-se ir para a cama com uma mulher que nos acha original? Eis aí uma questão crucial. Em princípio, não: digamos que as mulheres nunca vão para a cama e pronto. Ela ficou interessada na sua história; enfim, o que ela sabia da sua história, que era seu prontuário médico. É pouco dizer que existem encadeamentos mais gloriosos. Existe alguma mulher que lhe ofereça o corpo só por adorar a maneira como você nunca deixa de responder ao chamado da Vacinação Obrigatória? Oh, vocês me excitam, homens ciosos das vacinas. A enfermeira coçava o queixo com freqüência. Nesses casos, ela agia como se fosse o médico; é preciso dizer que levava jeito para o papel. Ela ia então até bem perto do leito de Hector. Chegava a ter uma maneira erótica de passar e repassar a mão sobre o lençol branco, os dedos bem cuidados eram como pernas em uma escada, a dedilhar a brancura.

Hector recebeu alta no começo do mês de março, e afinal o mês não tinha importância alguma, nada aliás tinha qualquer importância. A zeladora, cuja idade ninguém seria capaz de estimar, fez uma cara de quem esteve preocupada com a ausência do inquilino. Vocês sabem, esse jeito falsamente angustiado, esse jeito de achar que está

no ano de 1942, com uma voz tão estridente que, se estiver perto de uma via férrea, consegue descarrilar um trem.
– Senhor Balanchiiine, que prazer em revê-lo. Eu estava tão, tããão preocupada... Hector não era bobo; como estivera ausente por mais de seis meses, ela estava tentando descolar a gratificação do último Natal. Como não queria tomar o elevador, sobretudo pela aflição de encontrar um vizinho e ter de explicar sua vida, esgueirou-se pelas escadas. Sua respiração barulhenta foi ouvida, e as pessoas se acotovelaram nas janelinhas das portas. À sua passagem, portas se abriram. Nem ao menos era domingo, mas aquele prédio era de uma ociosidade exasperante. E sempre tinha um vizinho alcoólatra – com quem se tem tantos pontos em comum quanto retas paralelas entre si – que exigia que você fosse até a casa dele. Tudo isso para perguntar três vezes "como vai", e responder três vezes "tudo bem, e você, como vai?". Familiaridade insuportável; quando se está saindo da convalescença, o melhor seria morar na Suíça. Ou, melhor, ser uma mulher em um harém. Ele pretextou uma dor no fígado para poder entrar em casa, mas inevitavelmente o vizinho lhe perguntou: "Quer dizer que você trouxe uma cirrose da sua viagem?" Hector esboçou um sorriso e continuou o périplo. Finalmente abriu a porta e ligou o interruptor para acender a luz. Nada havia se mexido, evidentemente. Parecia contudo a Hector que muitas vidas tinham se passado; respirava-se a reencarnação. A poeira ficara de vigília no lugar, antes de se aborrecer a ponto de se reproduzir.

A noite caiu, como ao final de todas as tardes. Ele preparou um café, a fim de conferir um ar de normalidade à sua insônia. Sentado na cozinha, escutava os gatos andando pelos telhados; não sabia o que fazer. Pensava em toda a correspondência que não havia aberto. Seu olhar fixou-se num espelhinho comprado numa loja de quinquilharias, ele se lembrava perfeitamente dessa loja, e a lembrança o apavorou na mesma hora. A febre que sentira no dia da compra o acometeu novamente, como quem sente o cheiro de uma pessoa ao contemplar seu retrato. Mais do que tudo, ele não devia pensar nisso, tudo isso tinha acabado; ele estava curado. Nunca mais iria a uma loja de quinquilharias para comprar um espelho. Observou-se por um instante. Seu rosto, após seis meses de convalescença, lhe parecia diferente. Pela primeira vez na vida ele imaginava o futuro estável; claro, ele estava enganado. Mas aqui ninguém queria – ainda – contrariá-lo na ilusão desse progresso. E antes de avançar em direção a esse futuro, vamos nos demorar no passado menos que perfeito.

II

Hector acabara de viver o maior momento de sua vida; da maneira mais inesperada possível ele dera de cara com um bóton *Nixon is the best*, datado da campanha eleitoral para as primárias republicanas de 1960. É preciso notar que após o escândalo de Watergate os bótons de campanhas eleitorais referentes a Nixon continuavam relativamente raros. Suas narinas perspicazes se agitaram como as pálpebras de uma adolescente cujos seios estão crescendo mais rápido do que o previsto. Graças a essa descoberta, ele estava apto a ganhar o concurso nacional de maior colecionador de bóton de campanha eleitoral. É uma coisa que sabemos pouco (é um real prazer compartilhar nossos conhecimentos), mas existem concursos de colecionadores. Há disputas de selos raros e moedas, em um ambiente tão festivo quanto poeirento. Hector se inscrevera na categoria bótons, categoria surpreendentemente em alta naquele ano (a razão era o importante incremento dos apreciadores de Pins que, lamentavelmente, tumultuaram o mercado nessa época; muitos puristas voltaram-se para o bóton). Era preciso se sentir muito seguro para esperar alcançar as quartas de final. Hector não piscava, tinha consciência de sua superioridade e, num deleitante recôndito de sua memória, revivia o momento da imensa descoberta. Ele caminhava, as mãos à frente como se fossem antenas, com passos febris, o colecionador é um doente permanentemente à procura de sua cura. Há dois dias vagava freneticamente em busca de um bóton; fazia seis meses que tinha estabelecido como foco os bótons, seis meses de uma paixão alucinada, seis meses nos quais sua vida tinha sido apenas bóton.

É preciso sempre desconfiar de suecos que não sejam louros. Hector estava impassível, o bóton *Nixon is the best* poderia a qualquer momento ser desembainhado diante do olhar luminoso do sueco; olhar que faz pensar na taxa de suicídio da Suécia. Mesmo que continue sendo impossível guardar seu nome na memória, não nos esquecemos de sua sublime performance do ano anterior, pois este cavalheiro era campeão titular dos colecionadores de bótons de campanhas eleitorais. Na vida civil, o sueco era farmacêutico. Dizia-se que ele tinha herdado esta profissão; com freqüência a vida profissional dos colecionadores se parece com uma roupa muito larga. Quanto a vida sexual, dizem que é tranqüila como uma doença venérea durante as férias escolares. Colecionar é uma das raras atividades que não repousam na sedução. Os objetos acumulados são muralhas parecidas com os antolhos dos cavalos. Só as moscas conseguem ver de perto a tristeza fria que se desprende deles. Tristeza que é esquecida em meio à euforia de uma competição. O sueco, naquele instante, conseguia até mesmo se esquecer da palavra remédio. Seus pais, que o haviam educado com um amor comparável ao de uma seringa por uma veia, não existiam mais. O público prendia a respiração, foi uma das finais mais palpitantes que tivemos a oportunidade de assistir. Hector cruzou o olhar do polonês que ele eliminara na semifinal; percebiam-se bolas em sua garganta, prova de que não havia digerido a derrota. Como pudera acreditar um só instante em alcançar a final com um bóton de Lech Walesa? O sueco só se deixava perturbar por seu nível intelectual, era a calma em pessoa. De vez em quando esfregava as têmporas, sentia-se claramente o truquezinho montado para desestabilizar o adversário, o miserável truquezinho que atingiria nosso Hector. Ridículas tentativas, nosso Hector estava firme, anos de coleções, sentia-se seguro com seu Nixon; certamente aquilo teria aquecido seu coração, o de Nixon, saber que Hector ia ganhar alguma coisa graças a ele. Claro, a relevância não seria lá essas coisas para livros de História, era pouco provável que a performance daquela noite anulasse o enorme poder negativo de Watergate. Contudo, as coisas não foram assim tão simples (desconfiar de suecos que não são louros). O patife puxou um bóton dos Beatles. O público caiu na gargalhada, mas, longe de se abalar, o sueco explicou que se tratava de um bóton da campanha eleitoral para eleger a chefia do *Sergeant Pepper Lonely Hearts Club Band*. O miserável decerto obtivera informações a respeito do broche de Hector, e não encontrou outra forma de se exibir senão confundindo o júri; que sueco crápula! E seu plano estava funcionando, uma vez que o júri (para dizer a verdade, tratava-se de um homem de barba) esboçou um sorriso. Hector insurgiu-se, mas de uma maneira um tanto ridícula, pois ele não sabia se insurgir corretamente; rangeu os dentes, foi mais ou menos o que ele fez. Confessemos desde logo a palhaçada: a tentativa do velhaco foi considerada muito original, e Hector foi declarado perdedor. Perdeu com dignidade: fez um discreto movimento de cabeça na direção do vencedor e deixou a sala.

Sozinho, começou a chorar. Não pela derrota, já tinha tido tantos altos e baixos, sabia que uma carreira é cheia desses momentos. Não, ele chorava pelo ridículo da situação, perder para os Beatles; era de se rir, e então ele chorava. Aquele instante ridículo o levava ao ridículo de sua vida; pela primeira vez, sentiu uma força impelindo-o a mudar, uma força que lhe permitiria romper com o processo louco da coleção. Durante a vida inteira, ele tinha sido apenas um coração batendo ao ritmo das descobertas. Tinha colecionado selos, diplomas, pinturas de barcos no cais, tíquetes de metrô, primeiras páginas de livros, mexedores de drinques e palitos de aperitivo de plástico, rolhas, os momentos com você, provérbios croatas, brinquedos Kinder, guardanapos de papel, favas, negativos de fotografia, *souvenirs*, abotoaduras, termômetros, pés de coelho, certidões de nascimento, conchas do oceano Índico, barulhos às cinco horas da manhã, rótulos de queijo, em suma, tinha colecionado tudo, e, a cada vez, com a mesma excitação. Sua existência era um permanente frenesi; com todos os períodos de pura euforia e de extrema depressão que tudo isso podia implicar. Não se lembrava de um único momento de sua vida em que não estivesse colecionando nada, em que não estivesse à procura de alguma coisa. Apesar disso, a cada nova coleção Hector achava sempre que seria a última. Mas sistematicamente descobria, tão logo se via saciado, as origens de um novo estado de insaciabilidade. De uma certa maneira, ele era um D. Juan das coisas.

*

Parêntese.

Esta última imagem é a mais correta. Diz-se com freqüência que existem homens chegados a mulheres, e pode-se considerar que Hector é um homem chegado a objetos. Sem querer comparar a mulher ao objeto – mas, mesmo assim, notando evidentes semelhanças –, as angústias de nosso herói poderão encontrar reflexo nas angústias dos infiéis e de todos os homens afligidos pela raridade feminina. Em última análise, é a história de um homem que amava as mulheres... Alguns exemplos: acontecia a Hector se ver dividido entre duas coleções; após seis meses de uma vida dedicada aos rótulos de queijo, ele podia subitamente experimentar uma paixão fulminante por um selo encontrado por acaso, e ser devorado pela pulsão de largar tudo por esse novo amor. Algumas vezes a escolha era fisicamente impossível, e Hector vivia meses de angústia a fazer malabarismos entre duas vidas. Precisava neste caso desenvolver as duas coleções em cantos opostos do apartamento, e lidar com as suscetibilidades de cada peça da coleção; Hector atribuía atitudes humanas a esses objetos, e não era raro para ele surpreender o ciúme de um selo em relação a uma certidão de nascimento. Evidentemente, isso acontecia nos períodos em que sua saúde mental deixava mais a desejar. Por outro lado, cada coleção atraía uma emoção diferente. Algumas, como as páginas de um livro, eram mais sensuais que outras. Tratava-se de coleções ditas sensíveis, de uma grande pureza, coleções que, uma vez desaparecidas, se transformavam em fabulosas fontes de nostalgia. E outras coleções mais carnais, coleções de uma só noite de certo modo, pertencentes a esferas mais brutais, mais físicas; era o caso por exemplo dos palitos de aperitivo. Não se cogita de uma vida em comum com um palito de aperitivo.

*

Admita-se que ele tentara se tratar, se impedir de começar uma coleção, abster-se; não adiantava. Era mais forte do que ele, via-se acometido por uma paixão fulminante por uma coisa e sentia uma necessidade irreprimível de acumulá-la. Lera livros; todos relatavam a possibilidade de reprimir ou de exorcizar um medo de abandono. Algumas crianças ligeiramente abandonadas pelos pais começam a colecionar para se sentir mais seguras. O abandono é um tempo de guerra; tem-se tanto medo da escassez que estoca-se. No caso de Hector, não se podia dizer que seus pais o haviam desprezado. Também não se podia dizer que ele tinha sido superprotegido. Não, a atitude deles vegetava no meio do caminho entre essas duas atitudes, numa espécie de indolência intemporal; observemos.

III

Hector sempre fora um bom filho (nós vimos, e algumas pessoas até apreciaram a clara discrição com que ele tinha se suicidado; teve algo de chique naquela maneira de dar a impressão de que estava nos Estados Unidos). Era um bom filho, preocupado em fazer os pais felizes, embalando-os na ilusão de seu crescimento pessoal. Diante da porta deles, Hector aprontava seu melhor sorriso. Olheiras fundas em volta dos olhos. Quando a mãe abriu, ela não viu o filho do jeito que ele estava, mas do jeito que sempre o vira. Se nossas relações familiares são filmes vistos na primeira fila (não vemos nada), os pais de Hector entravam claramente na tela. A partir daí, podia-se estabelecer um paralelo entre a necessidade de colecionar e a vontade de ser visto, seja como for, como um *ser mutante* (se poderia dizer simplesmente *vivente*).
Vamos deixar esta hipótese para mais tarde.
De uma maneira geral, deixaremos todas as hipóteses para mais tarde.

Essa atitude que consistia em não desfazer o mito do filho contente implicava em dificuldades e num rude trabalho sobre si mesmo. Estas coisas são mais simples de se imaginar do que de realizar. Fazer crer que se é feliz é quase tão difícil quanto ser feliz realmente. Quanto mais ele sorria mais os pais ficavam tranqüilos; estavam orgulhosos de ter um filho feliz e amável. Sentiam-se tão bem como se tivessem um equipamento eletrodoméstico que humilhava a data limite de garantia, ao assumir poses de que fosse ser usado pela vida inteira. Aos olhos de seus pais, Hector era uma marca alemã. Hoje está mais difícil do que nunca, a confissão do suicídio está na ponta dos lábios azulados, só por esta vez ele adoraria não desempenhar a comédia, ser um filho diante dos pais, chorar lágrimas tão fartas que conseguissem carregar sua dor numa torrente. Nada a fazer, o sorriso estampado em seu rosto faz uma barreira e entrava como sempre a verdade. Seus pais sempre se apaixonavam por tudo que o filho fazia. Enfim, a palavra *paixão* era para eles um sentimento relâmpago, uma espécie de orgasmo do sorriso. "Ah, é? Você achou uma nova saboneteira... que maravilha!" E pronto, parava-se aí. Era um entusiasmo real (Hector jamais duvidara disso), mas que se parecia com o pico de uma montanha russa; logo em seguida despencava-se vertiginosamente no silêncio. Não, não é de forma alguma justo: acontecia ao pai dar-lhe tapinhas nas costas para lhe expressar todo seu orgulho. Hector, em tais momentos, tinha vontade de matá-lo; sem saber exatamente por quê.

Hector comia na casa dos pais até quando não tinha fome (era um bom filho). As refeições transcorriam em meio à calma em quase nada perturbada pelo barulho das línguas sorvendo a sopa. A mãe de Hector gostava muito de preparar sopa. Às vezes, bastaria apenas reduzir o que nós vivemos a um ou dois detalhes. Aqui, nesta sala de jantar, ninguém conseguia evitar de se sentir magnetizado pelo relógio. Barulho de peso aterrador, cuja precisão, devida à precisão do tempo, podia enlouquecer. Era esse movimento que pontuava as visitas. Esse movimento pesado do tempo e a toalha impermeável. Mas antes da toalha impermeável, permaneçamos ainda no relógio. Por que aposentados adoram tanto os relógios barulhentos? Seria uma maneira de saborear as últimas migalhas, sentir passar os derradeiros e lentos momentos de um coração que bate? Podia-se cronometrar tudo na casa dos pais de Hector; até o tempo que lhes restava para viver. E a toalha impermeável! Essa inacreditável paixão de todos esses velhos pela toalha impermeável. Os restinhos de pão ficam tão bem ali. Hector sorria amavelmente para demonstrar que a refeição estava boa. Seu sorriso fazia pensar em uma dissecação de rã. Era indispensável afastar o todo, ser grosseiro nos hábitos, acentuar os traços como quem sai de um quadro *pop art*. São as particularidades dos filhos temporões, essa ausência bem simpática de *finesse*. Sua mãe tinha quarenta e dois anos quando ele nasceu, e seu pai quase cinqüenta. Em algum lugar pulara-se uma geração.

Hector tinha um irmão maior, mais velho do que ele vinte anos, portanto bem maior. Podia-se deduzir que seus pais se posicionavam no exato oposto da obsessão de acumulação. Consideraram procriar Hector (o que dá ensejo a este relato, agradeçamos de passagem essa iniciativa) no dia em que Ernest (o irmão em questão) estava deixando o lar familial. Um filho de cada vez, e se a menopausa não tivesse vindo ceifar esse belo *élan* teórico, Hector teria um caçula ou uma caçula a quem teriam dado seguramente o nome de Dominique. Essa concepção da família passava por ser original, e como acontece com freqüência com tudo que é original, é tudo menos original. Estávamos em uma esfera bem pouco estimulante, uma esfera em que é preciso tempo para compreender as coisas. Isso ultrapassa todos os elogios à lentidão. Para esquematizar: Ernest tinha nascido, tinha feito a felicidade de seus pais e, na ocasião de sua partida, eles tinham pensado: "Então é assim, está certo... E se fizéssemos um outro?" Foi simplesmente isso. Os pais de Hector jamais se concentravam em duas coisas ao mesmo tempo. Ernest ficou muito chocado ao saber da novidade, ele que durante toda a infância tinha sonhado em ter uma irmã ou um irmão. Poderíamos até considerar que fazer um filho no momento em que ele estava indo embora era um caso de sadismo, mas como nós conhecemos os pais de Hector, sabemos que sadismo não fazia o gênero deles.

Uma vez por semana Hector via seu irmão mais velho quando vinha tomar a sopa familiar. Ficavam bem os quatro. Havia ali um clima de quarteto de Bach, menos a música. Lamentavelmente, as refeições não duravam muito mais tempo do que de hábito. Ernest falava de seus negócios, e ninguém ali sabia fazer as perguntas certas para prorrogar sua permanência. Havia uma certa incompetência na arte da retórica e da continuidade interrogativa. A mãe de Hector, desta vez vamos chamá-la pelo nome, Mireille (escrevendo este nome, temos de certo modo a impressão de sempre ter sabido que ela se chamava Mireille; tudo que sabíamos a respeito dela tinha terrivelmente a ver com o fato dela ser a Mireille), deixava cair uma lágrima quando o filho mais velho ia embora. Durante muito tempo Hector teve ciúme dessa lágrima. Compreendeu que não choravam por ele porque ele voltava bem depressa: por uma lágrima, teria que se afastar pelo menos por dois dias. Seria quase possível recolher a lágrima de Mireille e, pesando-a, saber exatamente quando Ernest voltaria; ah, esta é uma lágrima de oito dias! Uma gorda lágrima, e nessa lágrima é que está a bula das vidas depressivas, Hector se projeta novamente em nosso tempo presente, tempo de incerteza narrativa, para se ver diante de uma atroz desilusão: agora que ele é adulto e vem sorver a sopa uma vez por semana, sua mãe não chora por ele. De repente, essa lágrima que não pesa nada se torna o maior dos pesos que seu coração tem que agüentar. Estamos diante de uma evidência, a mãe prefere seu irmão. De uma maneira estranha, Hector se sente quase bem; é preciso entendê-lo, é a primeira vez em sua vida que ele se encontra diante de uma evidência.

Nosso herói sabe perfeitamente que aquilo de que acaba de tomar consciência é falso; é uma lucidez significativa. Seus pais têm uma gama de sentimentos super-restrita. Eles gostam igual de todo mundo. É um amor simples que vai da esponja até o próprio filho. Este bom filho, imaginando ser vítima de uma não-preferência, tinha querido atribuir aos pais intenções pérfidas, chegando até a um pouco de ódio. Havia dias em que sonhava que seu pai lhe dava um bom par de tabefes; a imagem de uma marca vermelha na sua pele lhe teria permitido se sentir vivo. Teve uma época em que ele pensou em provocar reações nos pais tornando-se uma criança-problema; mas acabou nunca chegando a ousar. Seu pais o amavam; claro, à moda deles, mas o amavam. Então ele tinha que encarnar o papel de bom filho, custasse o que custasse.

*

Parêntese sobre o pai de Hector a fim de saber por que sua vida é apenas bigode, e esboço de uma teoria que considera nossa sociedade como exibicionista.

Seu pai suspirava de vez em quando, e é nesses suspiros que se podia buscar a quintessência de seu comprometimento na educação do filho. No fundo, era melhor do que nada. Esse pai (esclareçamos de uma vez, esse Bernard) havia desde sempre usado um bigode. Não era de forma alguma, como bom número de pessoas poderia acreditar, uma atitude displicente: havia discernimento nesse bigode, quase um ato de propaganda. Para compreender esse Bernard, autorizemo-nos uma breve interrupção, vai ser o tempo de um suspiro. O pai de Bernard, nascido em 1908, morrera heroicamente em 1940. A palavra heróico é um grande casaco, dá para botar tudo debaixo dele. Os alemães ainda não tinham atacado, a linha Maginot ainda estava virgem, e o pai de Bernard fazia o cerco com seu regimento em uma pequena cidade do Leste. Pequena cidade onde vivia uma mulher de cento e cinqüenta e dois quilos que achava que podia muito bem se aproveitar da passagem de um regimento. Se habitualmente os homens não queriam saber dela, teria todas as chances em tempos de guerra, em tempos de abstinência. Em suma, o pai de Bernard decidiu atacar a montanha, e com um escorregar de lençóis, numa manobra cujo horror nós não ousamos imaginar, ele teve o que normalmente se chama de uma sufocação. Essa história, psiu, foi poupada à família, maquilando-se o evento inteiro com a palavra heróico. Seu filho tinha somente dez anos. Bernard foi, pois, educado no culto a seu pai herói; ele dormia sob um retrato que tapava o da Virgem Maria. Todas as noites e todas as manhãs benzia aquele rosto alcançado pela morte, rosto provido de bigodes tão cheios de vitalidade. Não sabemos exatamente em que momento se produziu o desregulamento cerebral que fez com que Bernard ficasse, para o resto da vida, marcado pelos bigodes de seu pai. Ele rezou para deixar de ser imberbe, e santificou seus primeiros pêlos. Quando seu rosto teve a honra de acolher um bigode digno, sentiu que se tornava um homem, se tornava heróico. Com a idade relaxou, não se irritava mais ao constatar um terreno virgem acima dos lábios do seu filho; cada um vivia a vida de pêlo que queria viver. Bernard achava que todos os homens tinham se tornado imberbes, e que se tratava de uma manobra de nossa atual sociedade. Ele gostava de repetir que *nós vivemos numa época a menos bigode que existe*. Nossa sociedade corta o pêlo, é pura exibição! gritava ele. E como sempre, após essas exaltações verbais, retornava a seus pensamentos íntimos atravancados pelo nada.

*

Durante a adolescência bem pouco acneica, Hector visitava regularmente o irmão. Buscava junto a ele conselhos para melhor compreender os pais. Ernest lhe dizia que não existiam instruções, exceto, talvez, fingir adorar a sopa de mamãe. Não era preciso sequer hesitar em fazer algumas incursões no domínio pouco respeitável da bajulação quando se queria dormir na casa de um amigo ("acho que eu devia levar uma garrafa térmica da sua sopa, mamãe"). Acontece que Hector não tinha amigos; pelo menos amigos em cujas casas dormir. Suas relações se limitavam freqüentemente a trocas de cartas de baralho no pátio do recreio. Mal havia alcançado a idade de oito anos e já sua reputação de colecionador respeitabilíssimo estava estabelecida. Assim, Hector pedia conselhos ao irmão, e bem depressa esse irmão passou a ser a referência de sua vida. Não que ele quisesse se parecer com ele, mas acabava parecendo. Mais precisamente, ele olhava a vida do irmão e dizia a si mesmo que ela talvez iria ser a sua. Era tudo no 'talvez' pois, francamente, seu futuro lhe parecia instável; seu futuro era um clichê de *paparazzi*.

Ernest era um tipo alto e descarnado que se casara com uma ruiva baixinha e razoavelmente provocante. Hector tinha treze anos quando descobriu a futura mulher do irmão, e sonhou por um instante que ela se encarregaria de sua educação sexual. Esquecera-se de que nossas vidas tinham se tornado romances do século XX; em outras palavras, a época dos desvirginamentos épicos do século XIX tinha se encerrado. Masturbou-se freneticamente pensando em Justine até o dia do casamento. A família: havia algo de sagrado nesta idéia. Pouco tempo depois Justine deu à luz a pequena Lucie. Quando os pais estavam trabalhando, ele ia muitas vezes tomar conta da menina e brincava de boneca com ela. Espantava-se de ser o titio de alguém. E, através do olhar daquela criança, ele tinha a impressão de não viver uma vida inteiramente normal; diante da inocência, estamos diante da vida que não é vivida.

Hector estudara Direito sem muita assiduidade. Nada o interessava, fora fazer coleções; ah, se somente colecionar pudesse ser uma ocupação! Foi contratado como assistente no escritório de seu irmão, mas como não tinha obtido o diploma esse cargo corria o risco de ser o apogeu da sua carreira. Num certo sentido isso lhe dava alívio, uma vez que lhe permitia evitar todas as angústias relacionadas aos planos de carreira, e pior, aos combates internos entre todos aqueles advogados contra os quais seria preciso afiar os dentes. Ele notara que o sucesso caminhava paralelamente à beleza; algumas advogadas tinham peitos e pernas que lhes prometiam atuações fantásticas nos tribunais. Hector se afundava na cadeira quando elas passavam; claro, esse movimento era inútil pois mesmo que ele tivesse caminhado dois metros elas não teriam notado sua presença. De todo modo, as mulheres só lhe despertavam paixão na penumbra do seu quarto, alguns minutos por dia. Acontecia-lhe cometer algumas infidelidades à masturbação, quando ia se exercitar com uma prostituta, mas isto não tinha uma verdadeira importância para ele. Durante todos esses anos, as mulheres estiveram recolhidas no quarto dos fundos de sua excitação[1]. Ele olhava para elas, admirava-as, mas não as desejava. Porém sejamos francos, quando Hector achava que não desejava as mulheres, ele achava sobretudo que não podia provocar o desejo nelas. Repetia que seu tempo era totalmente ocupado por sua paixão pelas coleções; mesmo que ninguém duvidasse dessa evidência evidente, podia-se apostar ainda assim que a primeira paixão de seu corpo o mergulharia na horizontal. Ele agradecia ao irmão por ajudá-lo nesse sentido, e o irmão respondia automaticamente: "Irmãos têm a obrigação de se ajudar." Hector tinha sorte de ter um irmão mais velho que parecia um pai.

Voltemos ao momento em que Hector está tomando a sopa. Não vem ver os pais há seis meses. Eles não olham para ele. O clima é inacreditavelmente familiar, este retorno é um dia de festa. Que felicidade revê-lo depois de tão longa viagem! "E os americanos, eles usam bigode?", preocupou-se Bernard. Como bom filho, Hector detalhou os inacreditáveis bigodes californianos, louros e espessos como sargaço escandinavo. Nadava-se em bom humor, um grande bom humor em meio ao qual era possível adotar ares joviais, e foi no cerne dessa impressão de

---

[1] Aqui, faremos uma exceção de seis dias, referente a uma ligação semitórrida com uma greco-espanhola.

felicidade latente que Hector teve a idéia de que talvez fosse a hora de dizer a verdade. Tratava-se menos de uma idéia do que de uma impossibilidade de conservar por mais tempo seu sofrimento. Seu coração pesado não podia mais conter o que havia vivido. Pela primeira vez ia ser ele mesmo, não ia mais se esconder dentro da roupa que tinham lhe cortado sob medida errada; isso o aliviaria, ele poderia finalmente parar com a dissimulação, não mais sufocar. Quando ele se levantou, seus pais levantaram os olhos.
– Olhem, eu tenho uma coisa para contar a vocês... Eu tive uma tentativa de suicídio... e não estava nos Estados Unidos, mas em convalescença...
Após um silêncio, seus pais começaram a rir; um riso oposto ao erotismo. Como era engraçado! Eles cacarejaram a sorte de terem um filho tão carinhoso e tão engraçado, Hector dos Hectors, filho engraçado! Esse filho que tinha, como dizer, um ligeiro problema de credibilidade. Tinha sido classificado na categoria 'bom filho', já que vinha comer mesmo quando não estava com fome. E os bons filhos não se suicidam; no pior dos casos enganam a mulher quando ela vai de férias para Hossegor. Hector olhou bem nos rostos dos pais, nada havia para ser lido neles, eram caras de catálogos telefônicos. Estava condenado a ser o clichê dos pais. No olhar deles percebia o reflexo daquele que ele fora na véspera. Indefinidamente, essa relação era um encerramento.

Na saída de casa, sua mãe adorava tanto ficar ali parada como as aeromoças no final dos vôos, e era quase preciso dizer obrigado prometendo viajar de novo na mesma linha. A linha da sopa. Ao chegar embaixo tinha sempre que caminhar alguns metros, para não ouvir mais o tique-taque anunciador da morte.

IV

Hector está no oco da onda, onda que por sua vez está no oco do oceano, oceano que por sua vez está no oco do Universo, ele tem toda razão para se sentir pequeno.

Depois daquela maldita semifinal, quando foi dito que devemos sempre desconfiar de suecos não louros, ele chorara pelo ridículo de sua vida. Contudo, uma sensação positiva produzira-se a partir do desgosto: e é a partir do desgosto que é possível progredir. Hector encontrou um banco; sentado, as idéias se estabilizavam. O patético flutuava em toda a volta. Hector via surgirem cabeças de suecos, chegando a ter que fechar os olhos para evitar um turbilhão estocolmiano. Nixon era uma boa porcaria, e havia sido bem merecido seu Watergate. Nixon era aquele momento em que se toca no fundo. Hector deu um suspiro e tomou uma resolução importante; decidiu parar com as coleções. Devia tentar viver como todo mundo, nunca mais tocar nelas, nunca mais acumular. Um instante relâmpago e ele se sentiu aliviado como nunca, mas foi apenas um instante relâmpago, pois voltou-lhe à memória, como ressacas perversas, a lembrança de resoluções precedentes que ele jamais conseguira manter. Todas aquelas vezes em que se prometera parar tudo, de joelhos e em lágrimas, e todas aquelas vezes em que mergulhara de novo ao ver uma moeda, depois uma outra, depois uma outra. Sua conclusão era simples: para conseguir se abster ele precisava não acumular mais nada, não ter mais nada em dobro, concentrar-se ardentemente na unicidade.

Estávamos no começo do ano de 2000, o que era um *handicap* para Hector. Ele não suportava os anos olímpicos, julgando nefastas todas as magras proezas que os demais procuravam realizar. Era sobretudo uma concepção ligada à amargura devida ao fato dos concursos de colecionadores nunca terem sido reconhecidos como esporte olímpico: pronto a se deixar humilhar por um sueco, contanto que seja sob o sol de Sidney. Ele procurava ocupar o pensamento para não ter que, naquele instante, enfrentar sua luta. Voltou para casa e botou o calendário em cima da escrivaninha. Anotou na data de 12 de junho: dia 1. E fechou o punho como se tivesse acabado de executar uma paralela durante uma partida de tênis.

Após o quê, em resumo, teve uma noite honesta.

E chegou a sonhar com uma mulher morena lhe sussurrando: "Faz uma promessa e pronto."

*

Da dificuldade de se concentrar na unicidade.

No dia seguinte de manhã, ele cometeu seu primeiro erro ao ligar a televisão. Praticamente todos os produtos eram propostos em dois. Havia até fórmulas 'dois em um', e seu coração começava a palpitar. Mudou de canal e caiu no Televendas onde o animador explicava que, 'por um franco a mais', podia-se levar a impressora com o computador; o mesmo que dizer que um franco era apenas uma insignificante poeira simbólica. Hoje em dia, para vender um produto, é preciso oferecer dois deles. Passamos de uma sociedade de consumo para uma sociedade de duplo consumo. Em relação a óculos, por exemplo, tentam nos passar espertamente quatro pares, supostamente caixinhas para as diferentes estações, como se o sol tivesse se tornado uma personalidade superpoderosa diante da qual é preciso fazer as combinações condizentes. No caso específico do quádruplo consumo, a incitação ativa a colecionar é flagrante, criminosa.

*

No final da manhã, Hector foi para o trabalho. Com uma certa dose de angústia confessou sua resolução ao irmão. Ernest beijou-o com força e o apertou nos braços com a mesma força, estava orgulhoso dele. Se seus pais nunca tinham captado bem a gravidade de tal situação, ele, em contrapartida, sempre estivera preocupado com a paixão de seu irmão menor: nenhuma vida sexual, uma vida profissional que se sustentava apenas na ajuda mútua familiar ("irmãos têm a obrigação de se ajudar"), e as horas passadas a acumular papéis de queijo. Ernest, apesar de sua alta estatura, era um ser sentimental. Derramou uma lágrima; arquejando ao ritmo da emoção, assegurou-lhe todo seu apoio, e todo seu amor. "É preciso assumir a doença para começar a curar-se", ele adorava pronunciar grandes frases. Depois foi-se embora para tratar de uma questão da mais alta importância. Ele era um dos chefes da Gilbert Associate and Co (pronunciar Gílbert, é inglês), sociedade fundada em 1967 por Charles Gilbert, pois os chefes da Gilbert Associate and Co tinham freqüentemente que tratar de questões da mais alta importância.

No trabalho, todo mundo gostava de Hector. Era um empregado modelo que sempre ajudava sorrindo. As mulheres jovens não olhavam para ele, já as mulheres menos jovens se enterneciam, é forçoso reconhecer, com seu belo rosto de cordeiro. Quando a novidade de sua resolução circulou pelo escritório, um grande alvoroço de compaixão também cercou o corajoso Hector. Alguns empregados tinham sido inúmeras vezes testemunhas das crises de frenesi do colecionador; ele deixara com alguma freqüência vestígios da febre à sua passagem. E esse alvoroço de compaixão se tornou no mesmo dia uma espécie de solidariedade, uma verdadeira corrente de felicidade. Durante toda a tarde vieram lhe dar tapinhas nas costas, algumas pessoas chegando a tecer considerações. Tenha coragem, estamos com você de todo coração, meu cunhado parou com o cigarro na semana passada, minha mulher decidiu não me satisfazer mais sexualmente, em suma, ele teve direito a todas as experiências de abstinência do meio jurídico. Foi o queridinho do dia, uma secretária tão ruiva quanto quase aposentada depositou uma cesta em cima da mesa de Hector; era dinheiro! Tinham feito uma coleta para ajudá-lo naquela provação. Nos Estados Unidos, coletas eram um costume para as operações não financiadas pelo Seguro Social que eles não têm, e, nessas ocasiões, recolhiam-se dólares para implantes de rim. De alguma maneira, Hector ia tentar implantar-se uma nova vida.

À noite, no seu quarto, Hector observou aquele dinheiro e considerou que a soma era o preço a pagar para curar-se. Era um pensamento que não queria dizer nada, mas ele procurava se contentar com reflexões que beiravam a incoerência para evitar de pensar no menor dos selos ou palitos de aperitivo. Como ele tinha o hábito de contar carneirinhos para adormecer, viu-se bem chateado. Para dar um jeito, o carneiro foi seguido de um cavalo, depois do cavalo veio um hipocampo, depois do hipocampo um esquilo ruivo, depois, como nosso objetivo não é fazer o leitor dormir, vamos parar por aqui essa listagem que durou uma boa parte da noite. A historinha foi encerrada com a passagem da lontra.

Os dias passaram sem a sujeição a uma coleção. Hector começava a acreditar em sua aptidão, até então inusitada, para a abstinência. Contudo, advertiam-no: "os primeiros dias são sempre os mais fáceis" (frase de seu irmão, evidentemente). Dias que tinham se tornado ainda mais fáceis tendo em vista o fato de se ver subitamente no cerne de uma simpatia coletiva maravilhosa. Procuravam apoiá-lo como a um candidato político, os advogados cuidavam de não lhe pedir duas vezes a mesma coisa durante o dia. E uma secretária foi designada só para fazer com que ele jamais tivesse de tratar de processos excessivamente parecidos. Hector adquiria o comportamento de uma criança real que era preciso divertir sistematicamente de uma maneira diferente. Podia-se perguntar a causa desse entusiasmo generalizado. É verdade que todos sentiam afeto por ele, mas essa era uma razão suficiente? Parecia que não. Em um contexto profissional supercompetitivo e dominado pela aparência, a fraqueza de um empregado (sejamos mais precisos, empregado sem perigo na hierarquia) unia os ressentimentos em um mesmo impulso. Hector era como uma nova máquina de café numa empresa de pneus. Em torno dele restabelecia-se um tecido social. E, para resumir, o que se passava ali não escapava aos olhos do diretor de recursos humanos que, dentro em breve, iria alardear o que ele considerava ser um método radical. Para a rentabilidade de uma empresa, nada como contratar um deprimido para um cargo de joão-ninguém.

Esse amor em volta dele, essa solidariedade dos outros por seu combate, teve o efeito perverso de desestabilizá-lo. Como um verdadeiro atleta francês, começou a ceder sob a pressão; pressão que consistia em não decepcionar. Ia chorar no banheiro, segurando papel higiênico nos olhos para não fazer barulho. Ele que havia sido tão forte e tão implacável durante dezenas de negociações, ele que dominava a arte do blefe chinês e da concentração neuropsíquica, estava literalmente se desfazendo. Sentia-se fraco, sem armadura. Para mudar de vida parecia-lhe de repente que precisava no mínimo morrer.

Hector deixou o escritório antes da hora. Na rua, suas pernas fraquejaram como amantes da primeira vez. Tomado por uma pulsão, precipitou-se em uma agência de correio. Saiu dali aliviado por alguns segundos, com uma série de selos dos mais insignificantes. A filatelia, meu Deus, é a pior das coleções! Pronto para a recaída, para fazer o de sempre! Os selos, os selos, não parava de repetir esta palavra que lhe fazia mal. Por que não as moedas também? Era recaída fácil, desprezível. Deu meia-volta, querendo forçar seu destino, na ilusão de que bastava simplesmente voltar sobre os próprios passos para apagar os últimos atos. De volta ao escritório, com a náusea dos selos ainda na boca, não conseguiu retomar o trabalho. Felizmente houve um acontecimento. Géraldine (a secretária que poderia ser ruiva) veio chegando na sua direção com seu habitual rebolado que foi seguramente o sucesso da coleção 'Inverno 54'. Hector olhou-a bem devagar; sua boca de mulher abriu-se.

V

Bom dia, eu sou Marcel Schubert. Como o compositor, perguntou Hector, para parecer informal, principalmente para falar a primeira coisa que lhe passou pela cabeça. Não, se escreve Choubert. Uma vez encerrada essa preliminar, passou-se qualquer coisa no olhar daqueles dois homens, qualquer coisa doce e íntima, qualquer coisa que se parecia perfeitamente com uma amizade.

Choubert era sobrinho não consangüíneo de Géraldine. Ela tinha vindo vê-lo porque sabia que esse sobrinho sofrera no passado de colecionite e que tinha conseguido curar-se. Propusera simplesmente que eles se encontrassem, e Choubert chegou até Hector dizendo: "Bom dia, eu sou Schubert." Ele possuía uma vantagem decisiva sobre Hector, pelo fato de não ter trocado de coleção desde 1986. Era um apaixonado estável que vivia presentemente em um frenesi quase rotineiro. Trabalhava em um banco qualquer que, graças a honestas remunerações, permitia-lhe saciar sua paixão. Seus pais tinham se mudado para a Venezuela (o pai tornara-se embaixador devido a ter conseguido escrever um romance antes da idade de trinta anos) e lhe deixado um suntuoso sessenta e cinco metros quadrados no segundo *arrondissement* de Paris. Caminhando um pouco, chegava-se à praça da Bolsa. No momento em que o muro de Berlim estava desabando

ele encontrara uma Laurence, e vinham desde então construindo um relacionamento estável. Algumas pessoas devem conhecer Laurence, já que ela era atacante da equipe de pingue-pongue, cuja bela performance no campeonato mundial de Tóquio foi apreciada; quanto a outras pessoas, nós veremos daqui a pouco. O casal não quisera ter filhos, era uma escolha como qualquer outra. Às vezes recebiam amigos para jantar em uma atmosfera sempre muito agradável. Em caso de excelente humor, podia-se ter direito a alguns gracejos de Choubert enquanto a louça estava sendo lavada na cozinha.
Era uma vida feliz.

A informação principal que Marcel divulgou para Hector foi a existência de reuniões de colecionadores anônimos. Elas aconteciam toda quinta-feira no primeiro andar de um prédio discreto. A zeladora achava que se tratava de uma seita, porém, devidamente gratificada, não achou mais absolutamente nada. Hector escutou Marcel; pela primeira vez estava diante de alguém que podia compreendê-lo. A partir da quinta-feira seguinte, seguiu-o. Hector se apresentou aos oito presentes à reunião, e todos expressaram uma sincera compaixão. Ele contou como a sua vida inteira não tinha sido senão um encadeamento absurdo de coleções absurdas. A confissão aliviou-o, mas bem menos do que escutar os outros. O objetivo das reuniões anônimas consistia justamente em não se sentir mais isolado. A cura se tornava possível a partir do momento em que se constatava o sofrimento dos outros. E também a estranheza de todas aquelas reuniões: o que dava a impressão de ser o cúmulo dos cúmulos da ajuda mútua era o empreendimento mais egocêntrico possível.

Assim, assistia-se a estranhas discussões:
- Eu tive um longo período huhulofilista até março de 77, exatamente antes de me tornar clavalogista.
- Ah, quer dizer que você foi clavalogista?
- Fui, precisava me sentir mais tranqüilo, me agarrar a qualquer coisa.
- Com certeza é melhor do que lucanófilo!
- Ah, muito engraçado!
É exatamente uma amostra dos climas das pré-reuniões. Em seguida, todo mundo se sentava (salvo o que colecionava os momentos em que estava de pé) e Marcel conduzia os debates. Cada um falava na sua vez, e ficava-se mais tempo naqueles que tinham recaído durante a semana. Tudo muito atencioso. Em relação a Hector, todo mundo estava de acordo em afirmar que ele ia sair dessa, e rapidamente. Era jovem e a doença tinha sido detectada a tempo. Quanto a outros, e aqui nós pensamos sobretudo em Jean, totalmente fissurado em trens em miniatura e nos isqueiros, não havia muita coisa para se fazer; ele se eutanasiava delicadamente nas reuniões. E tinha também aqueles dois poloneses que tinham como esquisitice colecionar aparições de dois poloneses em romances. O caso deles parecia desesperador.

Na mesma noite Hector fez algumas flexões de braço e seus músculos se surpreenderam. Dormiu sobre o lado esquerdo, a vida ia ser simples. Nos dias seguintes desempenhou-se suficientemente bem no trabalho, teve direito a observações encorajadoras de seus superiores, e as pernas das mulheres fizeram bater seu coração. Foi ver a secretária sem ter ainda reencontrado Marcel e ofertoulhe cento e quarenta e duas colheres de porcelana, vestígios da dita coleção. Ela ficou muito emocionada e sua emoção se irradiou com facilidade. E já estávamos no dia da segunda reunião. Hector, de pé, com um certo orgulho, confessou que praticamente não tinha pensado nas coleções e foi aplaudido. Todos se regozijavam com o regozijo dos demais, reinava uma franca solidariedade. Depois da reunião, Marcel lhe propôs irem ver o mar, indo e voltando no próprio sábado. E também respirá-lo, acrescentou Hector. Sim, respirá-lo. Em suma, Marcel estaria solteiro naquele fim de semana, pois Laurence tinha um congresso de pingue-pongue, enfim, uma espécie de reunião de antigos combatentes pingue-ponguistas, e tudo se passaria em um castelo em Sologne.

No sábado, em frente ao mar, Marcel foi poético. A contemplação do horizonte lhe dava asas na voz. Você está vendo, Hector, uma baleia lá longe, é a sua doença... e juntos, unindo nossos espíritos, estamos fazendo tudo para atrair essa baleia para a praia... sua doença, alcançando a costa, será uma baleia naufragada. O tempo estava tão bom que eles comeram mexilhões. Marcel pediu champanhe, mesmo que Hector não gostasse muito de champanhe. Era importante nunca contrariá-lo quando exibia sua camaradagem. Era do tipo que falava alto e batia nas costas dos amigos; na hora da sobremesa, Marcel perguntou a seu novo amigo como ele imaginava sua vida sem as coleções. Foi um branco total na conversação. Hector não imaginava nada, e principalmente sobre o futuro. Marcel insistiu, mencionando uma bela vida com um cachorro e uma mulher. Você sabe, Laurence tem amigas bonitinhas, tem que gostar das atletas com costas um pouco duras, mas elas são bonitas, se você quiser podemos lhe apresentar uma delas. Que amigo esse Marcel. Hector se recriminava por ter maus pensamentos, mas chegava a acreditar, durante um breve instante, que Marcel devia seguramente se entediar com a vida para querer se meter tanto na dele. Maus pensamentos evidentemente, Marcel era uma alma pura.

Marcel colecionava cabelos. Os cabelos femininos, obviamente. Como era um homem de sorte, dispunha no apartamento de um canto reservado à sua paixão, e Hector teve a emoção de poder visitar o local santo. Ele exagerou ligeiramente na encenação para não ofender o amigo, chegando mesmo a encadear alguns oh e alguns ah bastante eficientes para um noviço na falsidade. Ele experimentava a pressão dos que recebem confidências. Acrescentemos que se reconhece um colecionador pela notória falta de interesse que ele demonstra pelas coleções dos outros. De maneira insidiosamente amistosa, Marcel procurava também testar o convalescente Hector. A primeira peça da coleção, 'ruiva *millésime* 77', impunha respeito logo de cara. Hector achava que um cabelo sem uma mulher era como uma mão sem braço; ir atrás da magia do cabelo feminino é se despedaçar em um nada atroz. Cabelos não têm o direito de apresentar dificuldades insolúveis. Marcel lançou-se em uma explicação a respeito dos anos 70, escutemos. Ele supunha que nenhuma outra época tinha sido tão cabelo quando a metade dos anos 70. Sobre este ponto ninguém poderia dizer que estava errado, esses anos tinham sido incontestavelmente muito cabelo. A pior época para os carecas. Hector, durante o desenvolvimento da teoria marceliana, pensou no pai e em sua fascinação pelo bigode.

Foram passadas em revista as louras 83 e 84, as morenas eternas de 88, e as acajus de alguns anos atrás. Hector, por educação louvável, perguntou como ele tinha conseguido todas aquelas maravilhas. Marcel confessou que fizera um arranjo com um cabeleireiro da rua do lado. Ele me chama assim que descobre um espécime raro e eu corro lá para recolher o tesouro. Coleção única e fácil, nada de angústia, só tem vantagens. Dito isso, Laurence chegou e se ofereceu para preparar o jantar. Hector bocejou mas isto não foi suficiente para poder escapar dali. Permitiu-se perguntar ao amigo se sua mulher não tinha ciúme da coleção. Laurence com ciúme? Marcel não chegou a rir por pura inépcia. Laurence não tinha ciúme, e Laurence preparava um assado que ela havia separado para quando voltasse; era uma de suas peculiaridades, ela adorava comer assado na volta do pingue-pongue. Perfeito, diz Hector. De todo modo ele não tinha escolha, foram-lhe servindo, sem perguntar, um Martini à guisa de aperitivo. Marcel olhou-o direto no olho e exprimiu-se com solenidade: "Eu lhe apresentei minha coleção e minha mulher... Você já faz parte de fato da minha vida!" Hector ficou emocionado de fazer *de fato* parte da vida de alguém mas não conseguia impedir de se sentir incomodado. Ele ainda não tinha ousado confessar que não gostava muito de assado.

Laurence chamou Hector. Ela queria conhecer seus gostos culinários, mais precisamente seu gostos em matéria de cozimento, então ele foi até a cozinha. Ah eu, você sabe, ele não tinha um gosto particular. Ela se aproximou

dele como se de repente quisesse examiná-lo, Hector não conseguia mais reparar nos detalhes do seu rosto, e menos ainda naquela língua em ação que ela acabara de enfiar na sua boca. Paralelamente a essa agressão bucal, ela apalpou-lhe os testículos. Depois, recuando de repente do mesmo jeito, ela disse bem alto:
— Muito bem, vou prepará-lo sangrento para você!
Hector balbuciou e acusou o efeito do Martini. Mesmo assim, sentia uma vontade irreprimível de se servir de novo. Bebendo avidamente, fechou os olhos para não ver o rosto daquele amigo que acabara de trair, aquele amigo que lhe mostrara sua coleção e apresentara a mulher. Ele era um verme. Apresentavam-lhe mulheres e ele oferecia testículos. Precisou de um bom momento antes de admitir que havia sido agredido sexualmente. Uma palavra revirava dentro da sua boca, palavra evidente, e contudo palavra que não ousava sair; ninfômana, meu Deus, Marcel vivia com uma ninfômana. Este mesmo Marcel se aproximou dele, e como se lesse na sua culpa, perguntou:
— A minha mulher lhe agrada?
Ele se apressou em dizer que não, antes de se dar conta da indelicadeza de uma tal resposta, e então se retratou de forma lamentável com um sim, claro. Hector não era um ás social. Por que esta história acontecia com ele? Ele suava, e Marcel chegou junto ao seu ouvido para cochichar que as mulheres que se dedicavam ao pingue-pongue tinham uma maneira mágica de apalpar, hum, enfim, você sabe o que eu quero dizer. Hector foi reanimado por uns tapas, e Marcel o acompanhou até em casa.

Marcel seguiu ao seu lado e insistiu para que ele o chamasse a qualquer momento em caso de necessidade. Sua noite foi bastante ruim, foi atormentado por imagens de antigas coleções, sonhava com armários abarrotados nos quais não faltava nada. Agarrava-se aos sonhos e não suportou ter que reabrir os olhos. Mas de manhãzinha tocaram a campainha; e a campainha era insistente demais para que ele se permitisse fingir de morto. Estavam lhe entregando uma enorme caixa que, uma vez depositada na sala pelo suado entregador, exibia-se com o orgulho de um ditador depois do *putsch*. Maquinalmente, ele abriu a coisa para dar de cara com duas mil, cifra aproximativa, rolhas de champanhe. E, em cima, um cartão no qual estava escrito:

Sr. Honoré Delpine, falecido em 12 de outubro, legou-lhe sua coleção de rolhas.

Desta vez ele não ia conseguir se recuperar. Tentara ser um homem como todo mundo, mas não podia fazer nada, enviavam-lhe rolhas. Sempre havia mortos que se entediavam o suficiente para nos estragar a vida; sentindo-se tão sozinhos, aceleravam o movimento dos vivos. Fragilizado pela apalpação de testículos, liquidado pela coleção que chegou até ele por um entregador, era preciso acabar com esta vida que avançava diante de um espelho. Esta vida que tomava como modelo seu passado. Como ele podia saber, naquele instante, que devia se agarrar a ela para conhecer seu estranho prosseguimento? Seus gestos se embaralharam, e ele se precipitou no metrô, pois era lá que tinha encontro marcado com seu suicídio fracassado e, acessoriamente, o começo de nosso livro.

VI

Seis meses mais tarde, nosso herói pseudo voltava dos Estados Unidos, grande país que ele conhecia tão pouco quanto a felicidade. A zeladora tentou descolar a gratificação, e um vizinho alcoólatra (pleonasmo) tentou segurá-lo. Uma vez sentado, em casa, nós paramos para voltar para trás. Aquela noite inteira Hector não tinha dormido. Após seis meses de convalescença, tinha que adquirir coragem para retomar uma vida normal. Era a expressão que o doutor bronzeado havia empregado: "Vida normal, meu caro, retome a vida normal." Era preciso no mínimo tentar o suicídio para ser chamado de 'meu caro' por um doutor. A vida normal, a vida sem coleção. Desta vez ele estava curado. Ele não podia dizer como, na verdade, nem em que momento preciso, mas durante todo aquele tempo na clínica tinha lavado seu passado. Tinha a impressão de que as partículas de um outro homem conseguiram cair de pára-quedas em cima dele.

O irmão telefonou para saber o que ele tinha intenção de fazer. Ele lhe havia permitido obter uma longa licença mas, neste momento em que tinha feito um *come back*, Hector tinha que lhe dizer quando iria retomar o trabalho. Não ousava lhe confessar que a verdadeira razão de tal pressão era que ele estava fazendo falta! Sem ele, a sociedade retomara um procedimento impiedoso, Dallas. Hector pede ainda uma semana de licença por uma razão estranha: não tinha de jeito nenhum cara de quem tivesse ido para os Estados Unidos. E ter a cara da própria agenda é, em nossos dias, primordial. Aliás, os que foram para lá falam *Steites*, e quanto mais longa tiver sido a estada, mais esticam o *ei* para marcar uma certa intimidade que, nós outros, não temos condições de compreender... *Steiiiiiiiiiiiites.* Interpretar essa intimidade como uma prova. Precisava, pois, de uma semana para aprender tudo sobre os Estados Unidos. Uma semana para voltar ao trabalho, curado e com um álibi cimentando os seis meses pouco gloriosos de uma convalescença.

Na biblioteca François Mitterrand, ele perguntou pela estante dos Estados Unidos para finalmente obter a sala Geografia. Hector sentiu prazer em deixar seu dedo percorrer as encadernações, lembrou-se de uma antiga coleção sem a menor palpitação. Como pudera ser tão estúpido? Chegou a pensar em fazer algumas flexões de braço, ali mesmo no chão macio, só para repentinamente materializar um certo orgulho. Afinal, viu-se diante do *Atlas dos USA*. Esticou o braço e este mesmo braço entrou em colisão com um outro braço; e era preciso que este outro braço subisse para se perceber que pertencia a uma amostra humana de origem feminina. Acabara de entrar em concorrência com uma mulher sobre o mesmo livro. Polida, ela foi a primeira a pedir desculpas. Galante, ele insistiu para que ela pegasse o livro. A união da polidez com a galanteria teve como conclusão a decisão seguinte: iam dividir o livro, iam se sentar juntos e iam tentar não atrapalhar muito um ao outro na hora de passar as páginas. No caminho da poltrona, e sem saber bem por quê, Hector pensou de novo no ditado croata que dizia que, com freqüência, é diante de livros que os homens encontram a mulher da sua vida.

Em princípio, havia ali um livro.

– Quer dizer que você se interessa pelos Estados Unidos? – perguntou ela.
– Sim, cheguei de lá.
– Ah é? Você estava nos *Steiiiiiiiiiites?*
– Estava, e tenho a impressão que você também.

Nadava-se no meio dos pontos comuns e das coincidências. E para firmar este belo acaso, cada um exagerava no seu comentário, ao mesmo tempo dando uma olhada no atlas. Sim, Boston, é magnífica, é uma bela aglomeração de 8322765 habitantes. E o Kansas, coisa de louco esse jeito de ser atravessado pelo meridiano Bluewich. Em suma, exibia-se a mitomania *globe-trottista*. E teria bastado que um dos dois tivesse de fato ido aos Estados Unidos para se dar conta da tapeação do outro. Quando duas pessoas estão se mentindo sobre o mesmo tema, há pouca chance de se desmascararem. Foi então que Hector cometeu o erro fatal de perguntar à sua parceira de atlas por que ela se interessava tanto pelos Estados Unidos. Ela lhe explicou que era socióloga. Foi uma palavra que o perturbou de tal maneira que ele levou um tempo antes de compreender que ela acabara de lhe devolver a pergunta. Estavam quase jogando pingue-pongue. Ele estava perdido, não sabia o que dizer; e como acontece muito, quando não se sabe o que dizer, diz-se a verdade.
– Eu quero fingir que estive lá.

Ele achava que ela o tomaria por um louco, mas o que ela considerou loucura foi aquela coincidência. Ela também queria fingir a mesma coisa! Inflamando-se, Hector perguntou o nome da senhorita, e opa, estava diante de uma Brigitte. E, de uma maneira totalmente estranha, precisara saber seu nome para afinal achá-la bonita. Ele nunca olhava o desconhecido, e saber o nome de uma mulher deixava-o tranqüilo. Antes de entrar inteiramente em pânico.

Brigitte, era promissor; meio estranho, mas por que não? Infelizmente, não podemos escolher o nome das pessoas que encontramos. É o tipo de mulher que dá vontade de beber chá. Nessa primeira noite, ela pensaria novamente em Hector. Tinham combinado se rever no dia seguinte. Brigitte não tinha o costume de encontrar pessoas na rua, menos ainda em bibliotecas, menos ainda com as mesmas intenções na frente de um livro. Ela dormiria provavelmente bastante mal, e teria despertares mais numerosos do que os acontecimentos de sua vida. As Brigittes não eram bem conhecidas. Seguramente ela não tinha sido infeliz, seus pais eram adoráveis aposentados, seus irmãos e irmãs adoráveis irmãos e irmãs. E ela tinha além do mais suntuosas batatas da perna.

*

De qualquer forma, precisamos saber de uma coisa. Como em um espetáculo feérico, um mistério cercava Brigitte. Criança, tinha devaneado, e seus olhos de menininha tinham captado o vento, e o futuro, e certas reminiscências. Seus pensamentos, naquele dia, tinham sido doces como despertares e adormeceres sucessivos. Então, uma borboleta tinha inventado de pousar no seu nariz, e, em um enorme plano, Brigitte contemplara a majestade de seus movimentos. A borboleta permanecera durante muito tempo sobre seu nariz, muito tempo e com circunspecção. Brigitte vira o mundo por trás da borboleta, suas asas quase translúcidas tinham formado um prisma feérico. Quando ela levantou vôo, Brigitte seguiu-a com o olhar durante o maior tempo possível. Ficou por muito tempo perturbada por esse momento em que vira o mundo através do filtro de uma borboleta. Passara a ter medo de tudo que lhe parecia feio, depois disso. Contudo, uma estranha convicção tinha se formado durante esse instante mágico. Tratava-se da certeza de que ela era dotada de um poder raro; nela acabara de se desenvolver uma capacidade que se revelaria um dia.

*

No dia seguinte estavam os dois muito engraçadinhos em seu encontro. Competia ao homem falar, e o homem era Hector. Como ela havia mencionado a sociologia, ele perguntou: mas por que *sociologia*? Ela quis sorrir, mas como não estava inteiramente à vontade (seriam necessários seguramente vinte e seis dias para se descontrair) explicou que estava estudando, como matéria de seu doutorado, *a solidão no meio urbano*. Hector repetiu, exagerando um ar intrigado, a solidão no meio urbano. Sim, a questão era passar seis meses em Paris sem nenhuma relação social. Então ela havia dito à família e a seus poucos amigos que tinha ido para os Estados Unidos. Do outro lado do Oceano, eles não poderiam ter a tentação de incomodá-la.

– Eu não falo há seis meses. É também por isso que estava com a boca pastosa ontem – esclareceu ela.

– Ah, entendi – disse Hector.

Depois dessa resposta enérgica, decidiram trabalhar juntos. Sendo ambos falsos viajantes aos *Steiiiiiiiiiites*, era preciso se apoiarem. Instalaram-se em grandes poltronas para estudar juntos. Seus conhecimentos sobre os Estados Unidos tiveram relação com a vontade de se ver, e de se rever. Ao final de alguns dias, viram-se na obrigação de criar novos Estados.

Pela primeira vez Hector se preocupou em saber se podia agradar. Olhou-se longamente no espelho, e comprou uma gravata. Foi obrigado a falar do caso com Marcel pois ele era um especialista em mulher, pelo menos na parte capilar. Marcel nunca estivera tão contente por ser o amigo de alguém. No bar onde eles se encontraram, foi logo pedindo bebida alcoólica. O local lembrava banheiros turcos gigantes. Marcel falava um pouco alto, gesticulava em todas as direções, era sua maneira de se envolver nos amores de Hector. Levava a missão muito a sério, e sob os ares de marinheiro alcoólatra, sob os ares de atleta russo, sob todos os seus ares, transparecia sob a poeira um ar de sentimental. O próprio fato de mencionar a eventualidade da entrada potencial de uma mulher na vida do seu amigo lhe deixava os olhos rasos d'água. Esperava-se que ele fosse tranqüilizar e aconselhar, mas foi Hector quem precisou elevar-lhe o moral; as questões sentimentais sempre aqueciam o coração de Marcel, elas o regavam de pétalas de rosas.

Na saída da biblioteca, Hector e Brigitte formavam um casal. Sem saber direito o que o destino queria deles, posicionavam-se lado a lado diante da vida. Eram os instantes que antecedem o amor, quando o casal se desvela na inocência das evidências. Hector falava de seu passado de colecionador, Brigitte confessava ter tido espinhas até a idade de dezessete anos e meio, enfim, riam feito bobos como todos os que são vistos rindo feito bobos nas praças públicas; é um dos raros momentos em que a idiotice é uma qualidade. Uma nova vida abria-se então, e, a fim de festejá-la com o resplendor de uma poesia, o céu clareou naquele exato instante de forma encantadora, ao passo que antes estivera negro e seguramente carregado. Hector, só de observar Brigitte, adquiria segurança. Sentia-se em evidência como uma limusine na saída dos aeroportos. Brigitte, habitualmente submersa em sua reserva, se deixava levar, sem saber ainda direito o potencial erótico que dormitava nela, negligentemente.

Potencial erótico, a expressão era provocante. Entrávamos com efeito na expectativa imediata da sensualidade. Brigitte, que nunca recebera distinção em lugar nenhum, via-se sobre o palco. A última vez que Hector tinha visto uma mulher nua fora seguramente numa tela de televisão. A idéia de sexo era um peixe que acorda com pernas. Depois da saída da biblioteca, os futuros amantes pouco tinham se falado. O apartamento de Brigitte situava-se no último andar de um prédio no centro da cidade, o barulho que subia da rua embalava o quarto, os condôminos tinham votado há pouco a criação de um elevador. Foram entrando sem pressa, para em seguida se amarem. Hector bancou o *habitué* desse tipo de coisa, puxando parcialmente a cortina; claro, ele sonhava em ficar na escuridão mais completa. Tinha medo que seus corpos não estivessem à altura de seu encontro. Permanecia diante daquela janela, por um instante, um instante que estava se tornando longo demais, um instante que não era mais de fato um instante, mas o esboço de uma eternidade. Atrás dele havia o corpo de uma mulher que não estava mais escondido por coisa nenhuma. Hector escutara o barulho das roupas femininas caindo devagar no chão, esse barulhinho de nada, mas que justifica a existência dos ouvidos dos homens. Brigitte estava nua debaixo do lençol; Hector levantou o lençol. À vista da beleza daquele instante, ele desabou mesmo continuando rígido; sua coluna vertebral deslizou na direção dos pés. Diante da emoção Hector era uma carne sem fundação. Ele soltou seu corpo sobre o corpo dela, e pousou os lábios sobre os lábios dela. Tudo se tornou então apenas uma questão de silêncio. Um silêncio de começo de procissões; cada um tinha a impressão de estar fazendo amor em uma igreja.

Minutos mais tarde Hector foi acometido pelo mal-estar das felicidades repentinas. Brigitte, também ela, não se sentia à vontade; ela serrava os punhos. Após longas respirações metódicas, ainda fizeram amor. Diversas vezes e ainda diversas vezes. Depois que a noite caiu, Hector se vestiu; ele queria caminhar sob as estrelas. Brigitte o beijou no alto das escadas. Mal chegou do lado de fora, ele pensou novamente nas espáduas daquela mulher, dignas do mais louco amor, naquela nuca ao cair da tarde. Então começou a cambalear; o sentimento corrói as pernas. Permitiu-se algumas voltas antes de chegar em casa, ele se desentorpecia atordoando-se com a própria felicidade. Pensava de novo no corpo de Brigitte, queria vê-la sob uma lupa, levantar a saia dela nos elevadores e deslizar para dentro de suas coxas. O corpo do outro, o corpo da mulher, como dizer, tinha a impressão de ter subitamente se tornado puro. Progride-se através do corpo do outro, é através do corpo do outro que nos tornamos inocentes.

A noite de perambulação de Hector foi terminar no escritório. Seu irmão chegou na hora exata que chegava todos os dias. Ficou espantado de vê-lo chegar assim tão cedo. Ele não agüentava mais a espera, tinha caminhado a noite inteira! Queria ver o irmão para lhe anunciar uma grande novidade. Seu casamento, sim, ele ia se casar com Brigitte! Ernest andou para lá e para cá, era a distância mínima necessária para expressar todo seu frenesi. Puxou o caderno de endereços para avisar todo mundo; alô, você está bem sentado? No final de duas horas, se maldizendo por não conhecer mais gente, empreendeu uma nova rodada de caderninho e anunciou de novo a maravilhosa novidade. Na Gilbert Associate and Co, foi organizado um coquetel para festejar o acontecimento. Ofereceram-se aperitivos e Hector não vacilou diante dos espetinhos. Marcel evidentemente foi convidado (Laurence não pôde se liberar pois tinha um treinamento primordial com vistas a uma competição primordial). Às seis horas chegava triunfalmente o champanhe, e ele foi muito abraçado. Teve belíssimos hip, hip, hip, hurras para Hector. E no momento preciso em que pronunciou o nome 'Brigitte', foi que ele se lembrou de que ainda não tinha prevenido a felizarda de suas intenções.

*

Brigitte sentira-se torturada o dia inteiro por um estranho paradoxo: era na ocasião de sua total imersão na solidão urbana que tinha encontrado o homem, não havia dúvida, de sua vida. Pensou em mudar o tema de sua tese sociológica, mas depois, considerando que a felicidade era uma matéria egoísta, preferiu conservar essa descoberta fundamental: para encontrar o amor é preciso buscar a solidão.

*

O cérebro de Hector inteiramente impregnado de sabor brigittiano havia negligenciado o fato de que uma das particularidades do casamento é reunir duas pessoas.

Mas afinal pouco importava, não se tratava de uma evidência? Sempre se podia esquecer de anunciar as próprias intenções quando elas eram flagrantes. Era um fato, eles iam se casar. E no próprio dia em que eles se encontraram para sua segunda noite, o assunto foi simplesmente omitido. Vão se casar? Sim, vão se casar. Que simplicidade a desse Hector e a dessa Brigitte. Mais parecem heróis suíços. O prazer sexual desenvolvia todos os aspectos de sua hegemonia incipital. As batatas da perna de Brigitte se espantavam com sua própria maciez olímpica, Hector descobria-se um adorador de mordidela de lóbulo. Tornavam-se anônimos debaixo dos lençóis. Treinavam dizer *sim* um para o outro em todas as línguas. Ao meio-dia do dia seguinte Brigitte estaria limpando alhos-porós, cujas sobras seriam fascinantes.

Os apaixonados experimentam sempre duas sensações que beiram a doce histeria. Primeiramente, atribuem todas as qualidades à vida. De repente, o cotidiano faz um regime e os aborrecimentos que costumam atrapalhar a existência de qualquer solteiro respeitável desaparecem em meio à nova leveza. A vida lhes parece bela com a mesma falta de lucidez que terão mais tarde ao se extasiar diante da beleza de seu bebê feio. A segunda sensação é a de uma grande embriaguez. Hector, por exemplo, enchia a boca quando usava a expressão 'minha mulher'. Ele a utilizava em todas as situações. Bastava que lhe perguntassem as horas na rua para ele responder "não sei, mas se a minha mulher estivesse aqui... minha mulher tem um bonito relógio...". Brigitte adquiria ares de Senhora Columbo. Encaixar 'minha mulher' em todas as frases era de uma facilidade inacreditável. Era possível até inovar, chegando ao internacional. Um *off-road* americano continuava sendo incontestavelmente o máximo do deleite, mas nada podia ser mais chique do que um *my wife* bem lançado. Logo, logo Hector ousaria seguramente o mítico *you fuck my wife*; feliz como ele estava, não tardaria a se ver no mínimo como um Robert De Niro.

Mas antes de qualquer coisa era preciso se encontrar com o irmão de Brigitte. Ele sempre desempenhara na família o papel de decisor. Era uma espécie de Padrinho, beijar-lhe as mãos no mínimo. Mesmo o pai de Brigitte não tomava nenhuma decisão sem antes consultar o filho. Gérard não tinha muitos neurônios, mas belíssimas coxas. Tinha participado da célebre corrida Paris-Roubaix mas, lamentavelmente, caíra sobre um pedaço de pedra que havia lhe perfurado o crânio. Acrescentada à dopagem dos anos precedentes, essa queda acabara de transformá-lo em legume, tanto que certas más línguas o chamavam de *o poireau**. Havia algo de injusto nessa denominação, pois os ingratos se esqueciam bem depressa do momento de glória de Gérard, quando ele havia chegado ao alto do pódio de Ouarzazate-Casablanca. Era bem fácil criticar depois. A família de Brigitte continuara focalizada nessa vitória. Pena que nenhum vídeo do grande feito tivesse sido gravado. Só uma foto magistralmente emoldurada sobre o aparador dos pais atestava a performance. Essa foto na qual se via Gérard cercado de rapazes meio magricelas mas com certeza combativos, brandindo uma taça no vento e na poeira (as más línguas que o chamavam de 'o poireau' diziam que essa foto tinha sido tirada em um estúdio em Bobigny, calúnias). E era essa imagem heróica que fazia de Gérard o líder incontestе da família.

---

* Poireau: alho-poró, mas também o que fica plantado, em pé e parado. (N. da T.)

Em outras palavras, para ter a oportunidade de possuir oficialmente a mulher da sua vida, Hector ia ter de usar suas histórias de bicicleta.

Decididamente, a sorte não o estava abandonando, uma vez que tinha o privilégio de ter entre suas relações, bastante distante admita-se, o filho de Robert Chapatte. Em poucos encontros, ele se transformou num expert em marchas de bicicleta, continuando sem entender como Laurent Fignon pudera deixar escapar o Torneio de 89 para Greg LeMond por alguns malditos segundos. Brigitte estava orgulhosa de seu futuro marido atleta, não se preocupava com a evolução que teria o encontro de cúpula entre os dois homens de sua vida. Hector vestira sua melhor roupa (muito pouco seguro de si, não tinha certeza de ter escolhido certo); e sua gravata amarela empalidecia. Só lhe restava encontrar uma postura adequada. É fato bem conhecido de todos os competidores, tudo está no primeiro olhar; é preciso saber postar-se na dianteira antes mesmo do apito inicial. Enquanto Brigitte preparava na cozinha tomates recheados, prato preferido de seu irmão, Hector sentou-se no sofá, levantou-se, instalou-se junto da janela, tentou fumar, não, isso não faz o gênero esportivo, botou uma mão em cima da mesa para bancar o indiferente, fingiu espanto, quis explicitamente se ausentar etc. Suando, procurava a postura ideal quando de repente, sem saber direito como ela tinha aparecido ali, uma idéia lhe atravessou o espírito. Uma idéia genial, a das mãos nas costas.

Tocaram a campainha.

Gérard entrou e descobriu aquele que postulava o papel honorífico de cunhado. Imediata, a surpresa foi perceptível no seu olhar. Hector dera um golpe de gênio. Era bem estranho ser acolhido por um homem com as mãos nas costas. Chegava a parecer quase um mordomo; oferecia-se a idéia de uma deferência. Essa atitude era inacreditavelmente tocante, seu busto para a frente como os soldados de chumbo, não se sabia como reagir diante de mãos nas costas. Mas nosso Gérard não era do gênero que se abala com outra coisa além do eco passageiro de uma surpresa. Ele avançou na direção de Hector com o passo pesado, o passo de um homem que no passado escalara os degraus do pódio da corrida Ouarzazate-Casablanca. Novamente, e como em todos os grandes momentos de sua vida, havia esse clima de deserto e de garganta seca; havia algo de místico naquele encontro. Brigitte e os tomates recheados permaneceram silenciosos. Hector, com as mãos nas costas, fazia tudo para não parecer petrificado, tentava um sorriso que acabou sendo não mais do que o sobressalto de um esgar zigomático em fim de vida.

Foi então que ocorreu o fato seguinte.

Hector não estava acostumado a ficar com as mãos nas costas. Nunca tinha sido preso por policiais e nunca tinha transado com uma dominatrix*. Então, necessariamente, as mãos nas costas se aproveitaram de sua nova visão e se imobilizaram para se apropriar de um pouco do tempo da vergonhosa hegemonia das mãos na frente das pernas. Em outras palavras, e isso durante quase dois segundos, uma eternidade para uma situação como essa, a mão direita de Gérard permaneceu suspensa na solidão. Brigitte inquietou-se: "Mas por que ele não lhe estende a mão?" Como ela podia saber que Hector era vítima de uma vingança das mãos nas costas? Vingança que ele conseguiu dominar à custa de grande esforço cere-

---

* *Maîtresse du Donjon*: referência fetichista, de submissão sadomasoquista. (N. da T.)

bral; mas finalmente sua mão direita se desbloqueou. Só que ela se projetou tão depressa das costas (numa louca progressão), que não conseguiu parar no nível da mão de Gérard e foi direto ao nariz dele, socando-o violentamente.

Gérard balançou para trás, mais ou menos como fará a Torre de Pisa dentro de cinqüenta e dois anos, quatorze dias e doze minutos.

No espaço de um instante, Brigitte acreditou que o gesto dele tinha sido intencional. Como Hector podia explicar a não-vontade de seu ato? Pode-se desculpar a falta de jeito de uma mão que derruba um vaso, mas como desculpar uma mão que avança sobre um rosto? Ele devia confessar a grosseira anarquia do movimento de suas mãos? Gérard ergueu-se bruscamente, mas estava chocado demais para reagir; bem no íntimo, respeitava o gesto de Hector. Não tendo compreendido que se tratara de um atroz acidente, considerou que aquele homem tinha colhões e que merecia se casar incontinenti com a sua irmã. Hector suava suas últimas gotas de suor. Gérard passou a mão no rosto. Seu nariz não estava quebrado. Só um pouco de sangue hesitava em sair, mas foi um sangue nobre; Gérard coagulava sempre de forma cortês.

Durante o jantar, Hector não contrariou a versão de Gérard. Este permaneceu convencido da intencionalidade do gesto (análise que trará a Hector bom número de complicações nos meses seguintes pois, sistematicamente, ele aplicará um soco em qualquer pessoa nova encontrada). Discretamente, Brigitte explicou a Hector que seu irmão era assim, ele analisava freqüentemente as coisas de maneira estranha, às vezes até distorcida. Gérard voltou para casa e aproveitou a lua cheia para passear ao longo dos cais. O soco que havia levado em pleno rosto o fazia romântico. Ele rememorava a cena, e tremia de emoção e orgulho à idéia de que sua irmã ia se casar com um valentão como Hector. O movimento daquela mão impulsionava a noite para a esfera ultra-seleta dos acontecimentos inesquecíveis. Aquele belo encontro acabara de entrar em sua história pessoal para se posicionar bem ao lado da lembrança indelével do pódio Ouarzazate-Casablanca.

Nessa noite Hector experimentou a posição papai-mamãe.

VII

Via Gérard, os pais de Brigitte empenharam-se de corpo e alma na causa de Hector. Do outro lado as coisas seriam somente pura formalidade, a não ser que Brigitte gostasse da sopa maternal. Hector sonhava em ver nos olhos de seus pais o que ele chamava de uma consideração sentimental. Queria ser visto como um futuro pai de família, o gênero de homem capaz de organizar férias honestas para o verão levando em conta a possibilidade de cada um. Hector remexia-se, era a primeira vez que vinha com uma moça. Ele esperava dessa grande novidade um brilho nos olhos dos pais, um desencaminhamento da rotina de sua morna afeição. De fato sonhava que o pai o visse como um homem, mas queria sobretudo que o pai simplesmente o olhasse. Ele telefonara na véspera de sua visita habitual. A mãe teve medo de que fosse para desmarcar, ele nunca telefonava, o encontro hebdomadário era tão imutável quanto a sucessão dos dias. "Mamãe, amanhã eu vou acompanhado... vou levar minha namorada..." Esta frase foi cercada de ecos provocados por uma admiração interestelar. Parecia que milhares de homens e mulheres tinham subitamente se instalado na sala dos pais. Bernard parecia ouvir trombetas: "Você se dá conta, ele vem acompanhado..." Brigitte, no imaginário de Mireille, era uma espécie de condessa coroada em um desses países estranhos por serem quentes demais; ela era tudo e nada ao mesmo tempo. Na mesma hora houve uma angústia na cozinha; qual sopa? A rotina se desencaminhava; pior, a rotina se tornava um avião e se desencaminhava nas nuvens. Mireille estava suando. Mais que tudo, seria bom que o pai não ficasse fuçando na cozinha, ele atrapalhava e a irritação ia crescendo, ele atrapalhara desde sempre, ela nunca devia ter se casado com ele, ele não servia para nada! Mas o pai de Hector, bem longe de se ofender, era um homem pacífico, procurou acalmá-la, "sua sopa vai ficar divina, não se preocupe", e, aos prantos, ela se animava: "É verdade? Você acredita que ela vai gostar da minha sopa?"

Na noite do dia seguinte

Brigitte encadeou sorrisos seguidos. E por esses sorrisos já se sabia que ela ia gostar da sopa. Todo o resto era literalmente ninharia. Aventaram-se falsos temas de discussão, tudo ritmado pelo relógio stalinista. Era preciso se sentar e sorver. Foi soberbo, divino, mágico, extático.

Brigitte pediu mais; retendo diversas lágrimas, Mireille perguntou-se quem seria esta moça tão perfeita. Depois do jantar, ou seja, doze minutos depois que eles chegaram, as discussões foram cindidas em duas: as mulheres de um lado, os homens de outro. Como nos bons velhos tempos, tique-taque. Hector encetou uma pequena discussão, sobre um pequeno tema: a vida. O pai lhe perguntou sobre seus projetos em geral, e com aquela moça em particular. Ele chorou, desculpem-no, mas era de fato a primeira vez que ele tinha uma discussão dessa envergadura com o genitor. Brigitte, por sua vez, anotava as receitas de sopa, fazendo com que Mireille chegasse perto do suicídio de tanta felicidade.

Hector nunca tinha visto os pais agir daquela maneira. Mais do que uma consideração sentimental, ele havia percebido uma palpitação de íris; palpitação sonhada durante todos os remotos dias de sua infância. Parecia finalmente que ele tinha uma espécie de família normal. Pais felizes e filhos felizes. Domingos de almoço diante da televisão. E casamentos, de um jeito bem idiota. Ernest já tinha sua mulher, ele a enganava seguramente com uma morena do departamento de litígios sociais, mas em fotos de família isso não se via. Construíam uma bela aparência. Se um dia nos tornássemos célebres, os *paparazzi* iam se entediar completamente diante de tanta felicidade. Tinha-se um melhor amigo, tinha-se um cunhado que apreciava socos no meio da cara. A única coisa que faltava era uma data, e esta data seria quatorze de junho. Uma data de casamento para coroar esse festival cor-de-rosa. Só que, por sorte, todas as felicidades acabam resvalando, questão apenas de esperar. Na noite marcada, Brigitte e Hector foram para lá. Para essa destinação onde a felicidade não traz na mala nenhuma garantia.

Aquele quatorze de junho era parecido como duas gotas d'água com um doze de junho. Doze de junho tem sempre esse ar de orgulho, esse clima de brincos nas orelhas. Ernest e Gérard foram apresentados e trocaram gentilezas; cunhados têm obrigação de se ajudar. Marcel também era um irmão, não se comem mariscos assim, para depois não ser da família; ele segurava a barriga, como numa indigestão de felicidade. Lembrava-se de como havia recolhido de colherinha aquele Hectorzinho, e olhem ele agora, todo bonito, e quase casado. Tudo isso um pouco graças a ele, e ninguém vinha lhe dar parabéns. Mas nós, Marcel, nós sabemos disso. Por sua vez, Laurence ia fazendo novas amizades, e parecia certo que ela conhecia bem o local, pois adorava mostrar aos novos conhecidos os pontos que eles não conheciam (pontos por trás das árvores do jardim, longe do amor dos casados). Todos os convidados foram se reunindo no jardim onde, debaixo do sol, iriam beber à saúde eterna desse amor. Não se pôde impedir os importunados de brindar também. O coquetel acontecia antes da cerimônia, Hector e Brigitte queriam fugir logo depois de pronunciado o sim. Tinham decidido ir para os Estados Unidos como viagem de núpcias. O juiz chegou finalmente com sua echarpe tricolor para o caso de alguém, atordoado de felicidade, esquecer nossa posição geográfica. Brigitte estava branca, embrulhada no seu vestido branco. Hector permanecia concentrado. Uma coisa o perturbava: as alianças. Era o último instante em que era preciso ser perfeito. Ele esperava esse momento para finalmente se sentir aliviado, o medo de tremer o fazia tremer. Tinha um medo horrível de não estar à altura do dedo de sua futura mulher.

Segunda parte

UMA ESPÉCIE DE VIDA CONJUGAL

I

Como já conheciam tudo de todos os Estados Unidos, os apaixonados passaram muito tempo em quartos de hotel. Identificaram-se com os empregados do room service. Dentro do avião, cada passageiro podia ver o filme que queria graças a uma tela individual. E quando voltaram à França, instalaram-se em um grande quarto e sala. Graças às ajudas alternadas de Marcel e Gérard, a mudança foi feita em três dias. O trabalho que demorou mais foi a procura da mobília de seus sonhos. Até o momento glorioso de seu encontro, aqueles dois seres humanos tinham vivido de brisa e exclusão sentimental. No presente, eles queriam optar pelo moderno para se voltar definitivamente na direção do futuro. As pulsões modernas são freqüentemente reveladoras de passados frustrantes. Gastou-se, pois, com um aspirador teleguiado vocalmente, uma torradeira que não queima o pão, um tapete e cortinas de cor indistinta etc. Compraram também um peixe vermelho batizado de Laranja Mecânica (Laranja o nome, Mecânica o sobrenome); e bem depressa esse peixe se tornou um membro de fato do casal.

Brigitte recebera o diploma e se preparava para se tornar professora de sociologia. Com toda certeza ia usar terninhos; uma porção de estudantes então pensaria nela, na

penumbra de seus momentos de estudo. Com toda certeza Hector suportaria bastante mal essa idéia, o ciúme o acometia ao mesmo tempo que a felicidade. Casando-se com ela, queria fazer dela a princesa de um reino do qual ele seria o único súdito. Então propôs uma coisa totalmente diferente: criar sua própria sociedade! A idéia era brilhante, Hector estava se tornando um ser inteligente com grandes aptidões para pensar projetos de vida. Brigitte também queria trabalhar com ele, não deixá-lo nem mais por um segundo, amá-lo como uma esfaimada. Mas fazer o quê? Fazer o quê?, perguntava ela. Então Hector cedeu à súplica para revelar a idéia genial que lhe atravessara a mente. De pé em cima da cama, o braço levantado, ele gritou subitamente:
– Para os mitômanos!
– O quê para os mitômanos?
– Uma agência de viagens para os mitômanos!

Era essa a sua idéia. E bem depressa foi um grande sucesso. Hector deixou, para grande desgosto de todos, Gilbert Associate and Co. Ernest tremeu de emoção ao ver seu irmãozinho voando assim com as próprias asas. Pensou que um dia seria também a vez da sua filha Lucie, e que num dia mais longínquo ele iria morrer de um câncer que lhe estaria roendo os ossos. Estávamos destinados ao desenvolvimento depois ao apodrecimento, e entre os dois, ele passava a vida arrombando todas as portas abertas.

Eles adoravam convidar a família para o domingo ao meio-dia. Não tinham inventado o domingo ao meio-dia para isso? Brigitte era uma cozinheira lamentável, capaz de estragar um prato comprado de comida pronta. Em compensação, ela sabia arrumar uma mesa muito bem. Sobretudo aquela mesa que o casal utilizava às vezes para copular em superfícies duras. Ela estripava três peruas com tamanha falta de jeito que Hector podia ficar orgulhoso de ter se casado com ela. Também quanto à perua, tinham achado um jeito. Todo mundo se entendia às maravilhas, gente acomodada. O assunto era bigode, mas Gérard explicou a Bernard que não se podia escalar o monte Ventoux com um bigode, o pêlo freia. Os pais de Brigitte fizeram um sinal com a cabeça, eles tinham muito orgulho de Gérard quando ele falava de bicicleta. Enquanto Lucie ia espremer umas espinhas no banheiro com iluminação indireta, os quatro pais do casal que estava convidando perguntaram para quando era a descendência. Ernest achava que se educavam demais as crianças como se elas estivessem de férias na Suíça: "É verdade, até parece que todos elas estão com asma! Desse jeito, como se espantar com a moleza e a imaturidade desta geração?" Após esta teoria ernestiana (que, diga-se de passagem, se espatifou numa espécie de consternação educada), Hector confessou que fazer um filho não fazia parte de seus projetos imediatos. E além do mais, não se podia trair Laranja Mecânica que começava a se sentir à vontade em seu novo aquário, onde ele via *la vie en rose*.

O projeto atual era na verdade fazer crescer AVM (a agência de viagens para mitômanos). Apenas algumas semanas tinham bastado para encher até a borda as classes. Se, no início, AVM propusera sobretudo os Estados Unidos e a América do Sul, agora não existia praticamente nenhum canto do globo que não tivesse seu curso. Com apenas seis horas de curso, podia-se fingir para o primeiro que aparecesse ter passado seis meses no Tajiquistão, no Iraque, ou, para os mais temerários, em Toulon. Os professores da AVM ensinavam, de acordo com sua própria expressão, pequenos casos que matam qualquer oposição verbal, que provam sem a menor dúvida a viagem de vocês. E havia até mesmo argumentos pau-para-toda-obra: para falar de um país, diga que nada mais é como antes, todas as pessoas vão estar de acordo sem saber direito do que você está falando. Enfim, para os mais ricos, a sociedade poderia fornecer provas, souvenirs personalizados capazes de transpor claramente a barreira pouco respeitável da fotomontagem. Ou, para o caso de certas regiões reputadas perigosas, providenciava-se um pequeno ferimento. Havia por exemplo uma seção: 'Vietnã 1969, com a opção ferimento de guerra.'

*

Na entrada da agência estava emoldurado um artigo de jornal que relatava uma sondagem realizada com uma amostra representativa de mil homens.
a) Você prefere dormir com a mulher mais bonita do mundo sem que ninguém saiba?
b) Você prefere que todo mundo acredite que você dormiu com essa mulher sem que o ato tenha realmente se produzido?
O resultado confirma de uma maneira exaustiva que, em nossa sociedade, tudo não passa de uma questão de consideração dos outros. De fato, 82% dos homens interrogados optaram pela segunda resposta.

*

Hector apreciava o fato de se sentar calmamente em uma cadeira para ler uma revista de decoração. São absurdos os preços dos móveis ingleses. Ele se sentia bem em casa, com a mulher. Às vezes o tédio os apanhava de surpresa, durante algumas terças-feiras ou sábados sem surpresas em que era preciso aprender a matar o tempo. Era também nesses momentos que eles compreendiam o valor empanturrante do sexo; preenchiam o vazio das existências encaixando-se, tapando fendas com o sensual. Hector largava a revista e, beijando a boca de Brigitte, chegava a se sentir mal de felicidade. Era felicidade para todo lado, surgindo como um exército napoleônico na Prússia. Nunca faltam metáforas no momento de se beijar. Graças ao sucesso de sua empresa, Hector e Brigitte mudaram para um apartamento maior, composto de uma sala grande e quatro quartos. A cada noite, o tórrido casal trocava de cama para transar. Eles pensavam, de verdade, que a rotina era uma questão de lugar e não de corpo, ilusões.

II

Impossível saber exatamente em que momento a coisa começou. Tratava-se seguramente do vago eco de um sentimento de origem incerta. Aliás, não se pode dizer que Hector tenha se alarmado nos primeiros dias.

Aquele verão trazia mais do que uma promessa, sabia-se com certeza que os raios do sol fariam cócegas nos corpos dos namorados; numa época em que todo mundo falava da morte das estações, assunto favorito de todos os que têm de fato alguma coisa para dizer, aquele verão não ia trair ninguém. Brigitte tinha posto uma roupa velha qualquer para fazer o que ela chamava de seu serviço da casa. Hector queria ajudar (o casamento tinha exata-

mente um ano), mas Brigitte ria dizendo que a ajuda dele a faria perder tempo, ah os homens. Hector começou a cantar algumas palavras de uma velha canção, Brigitte adorava a voz dele. Ela se sentia feliz e confiante, feliz até na limpeza de sábado à tarde. Naquele verão, eles tinham decidido não viajar para aproveitar Paris sem os parisienses. Passeariam ao longo do Sena, ao anoitecer, com as estrelas cadentes e os namorados imobilizados de felicidade. Brigitte seria uma princesa. Mas naquele momento era preciso limpar. Os raios de sol acentuavam a falta de limpeza dos vidros.
A falta de limpeza dos vidros, é o começo do nosso drama.

A vidraça está aberta. Ao longe ouve-se claramente o barulho das mulheres apressadas e dos homens apressados para alcançá-las. Hector, como é seu hábito, lê uma revista de decoração, pensando na mobília da sua sala como poderia estar pensando na volta às aulas de seus filhos se tivesse tido tempo de procriar. Brigitte executa a tarefa doméstica, Hector levanta a cabeça, larga a revista. Brigitte está em cima de uma escada de madeira, os dois pés não estão posicionados no mesmo degrau, por isso as batatas da perna suportam dois pesos diferentes; em outras palavras, a primeira batata da perna em cima do degrau superior é de uma rendondeza sem falhas, enquanto a segunda está marcada pela nervura do esforço. Uma é ingênua, a outra sabe. Depois da visão das duas batatas da perna, Hector levanta novamente a cabeça para abraçar com o olhar os quadris da mulher. Percebe-se um movimento ligeiro, ondas regulares como as calmas ressacas da noite, bastando levantar mais a cabeça para compreender o porquê desse movimento. Brigitte está limpando os vidros. Há um afrouxamento. Brigitte está limpando a parte superior da vidraça. Faz um bom trabalho, e o sol já aproveita as primeiras brechas resultantes da limpeza. Com delicadeza, caprichando no punho, Brigitte limpa e vai atrás das menores sujeiras dos vidros; é preciso fazer sumir tudo, até voltar a transparência. Brigitte ajeita algumas mechas de cabelo do seu rabo-de-cavalo. Hector nunca vira coisa assim tão erótica. Claro, sua experiência em matéria de erotismo lembra o carisma dos que têm um parafuso frouxo. A sala se aquece com o sol. Sentindo um olhar fixo, Brigitte se volta para verificar: efetivamente, seu maridinho Heitor tem os olhos pregados nela. Ela não pode ver como a garganta dele está seca. Pronto, os vidros estão limpos. Hector acaba de se confrontar com a felicidade, não poderia ser mais simples. Não há por que ver aí uma manifestação machista, Hector é o exemplar menos machista que existe, vocês sabem. É que a felicidade nunca se faz anunciar, só isso. Em certas histórias, ela se manifesta no momento em que o cavaleiro salva sua princesa; aqui, ela surge no momento em que o herói olha a heroína lavando os vidros.

Eu sou feliz, pensou Hector.

E este pensamento não estava em vias de abandoná-lo.

Depois da limpeza, Brigitte foi se encontrar com uma amiga para aproveitar as liquidações de julho; voltaria seguramente com dois vestidos, um colete violeta, e quatro calcinhas. Hector não tinha encontro com ninguém, então ficou sentado diante da vidraça limpa. Depois, de repente, levantou-se e espantou-se com o momento de ausência que tinha vivido. Fazia meia hora que sua mulher tinha saído. Ele vegetara, com a garganta seca, num mundo morto. Nenhum pensamento atravessara seu cérebro.

No meio da noite seguinte, Hector pensou novamente naquele grande momento em que sua mulher estivera lavando os vidros. Um momento de pura felicidade, um instante na vida da minha mulher, pensou, um instante adorado. Imóvel, posicionava-se diante da noite com um sorriso que, com seu surpreendente desdobramento, derrotava todos os sorrisos de seu passado. Todos aqueles que vivem uma felicidade intensa experimentam o medo de não conseguir reviver um instante igual. A estranheza do momento eleito igualmente o perturbava. Às vezes se ama de uma maneira extravagante mesmo no aconchego do cotidiano, talvez seja simplesmente isso. Nem é preciso tentar compreender, freqüentemente se desperdiçam felicidades analisando-as. Então Hector acariciou delicadamente as nádegas de Brigitte, sua calcinha era nova. Ela se virou, incansável feminilidade, largando seus sonhos pelo homem da sua cama. Hector deslizou pelo corpo de Brigitte e afastou suas coxas; ela enfiou os dedos nos cabelos dele. O equilíbrio vinha rápido, seus dois corpos estavam face a face, singelos e úteis. Ela lhe apertava as costas com força, ele a agarrava pela nuca. No limite da sensualidade dormitava a violência. Nada além do ato. Os suspiros mais pareciam goles de água no deserto. Não dava para saber quem sentia mais prazer, a onisciência parava diante dos orgasmos possíveis. Sabia-se apenas que Hector, no momento do orgasmo em que sua cabeça era uma concha vazia, no momento de gozar, ainda estava obcecado por aquela imagem, Brigitte lavando os vidros.

Os dias seguintes passaram sem transtornos. Hector tornou a pensar no que havia sentido, mas ainda era inca-

paz de perceber um elo com seu passado. Acreditando-se completamente curado da colecionite, às vezes zombava da maneira doida como chegara a levar a vida, à margem do essencial. Desde que encontrara Brigitte, qualquer idéia de recaída lhe parecia improvável. A sensualidade evidente, o sabor brigittiano, todas aquelas novas sensações tinham um ponto em comum: a unicidade. Existia apenas uma Brigitte como a sua, e caindo em adoração diante do objeto único, o objeto de seu amor, abstinha-se de sua angústia de acumulação. É possível colecionar mulheres, mas não se pode colecionar a mulher que se ama. Sua paixão por Brigitte era impossível de ser duplicada.
E quanto mais a amava, mais ela era única.
Cada um de seus gestos, único.
Cada um de seus sorrisos, tão único quanto um homem.
Mas essas evidências em nada impediam a possível fascinação por um só desses gestos. Não era o que estava sendo tramado dentro do cérebro de Hector? Um tanto excessivamente seguro de si, ele esquecia seu passado e o furor com que a colecionite sempre tinha voltado a se impor a ele. O pensamento tenaz da lavagem de vidro tinha um quê de recaída pérfida. Hector deveria prestar muita atenção, uma tirania o espreitava, e, fiel à sua legendária falta de educação, a tirania jamais bate antes de entrar.

III

O que alguns de nós temíamos ocorreu. Clarisse não cortava as unhas há quase dois meses quando aceitou um ato sexual, por sinal bastante selvagem, com Ernest. O gozo dele foi muito honesto, tendo lhe custado diversos arranhões nas costas, vestígios indiscutíveis de uma amante tigresa. Irmão maior de Hector e antes de tudo um pateta, Ernest não pôde mais tirar a roupa durante uns bons doze dias, fingindo para Justine que de repente passara a sentir frio nas costas. O medo de ser descoberto não fez com que se arrependesse de todos aqueles instantes em que beijara as espáduas de Clarisse a tigresa na escuridão de uma vasta cabeleira. Dizem que o amor físico é um beco sem saída, mas Justine foi até o beco em plena noite para tirar a camiseta do marido, o qual, diga-se de passagem, vinha dormindo nos últimos doze anos de peito nu. Havia alguma coisa suspeita ali e as mulheres são especialistas em detectar tudo que é suspeito. Ele teve que fazer a mala sem sequer terminar a noite, e menos ainda o sonho erótico que parecia promissor (uma chinesa). Antes de amanhecer tocou, pois, a campainha da casa do irmão para lhe dizer que estava dormindo com uma morena do escritório, Clarisse é o nome dela, e que sua mulher, malditos arranhões, acabara de enxotá-lo, será que eu posso dormir na sua casa, enfim, dormir, duvidava conseguir, mas era claro que dormir no hotel depois do que acabara de lhe acontecer, não tinha a menor vontade. Hector encontrou a energia necessária para manifestar simultaneamente compaixão, ternura fraternal e a proposição de um sofá-cama ao mesmo tempo macio e moderno. Ernest se sentiu bem na nova cama (e se a chinesa voltasse...), antes de retomar dignamente sua desgraça.

Ernest sempre tinha sido uma pessoa sólida. Adepto das grandes frases a respeito da vida, ei-lo transformado no trapo do domingo. No caso, o pior dos domingos, aquele do qual nos tiravam uma hora. Ele fazia a conta de todos os outros anos em que não tivera que se lamentar. O pobre homem estava entrando num túnel... E sua filha! A pequena Lucie, meu Deus, nunca mais a veria! Nem ia estar em casa para vê-la voltar de madrugada com os olhos vermelhos das adolescentes indolentes e depravadas. Pronto, estava tudo acabado. Deve-se sempre olhar as unhas das mulheres com quem se vai para a cama. Que imbecil! Só lhe restava o trabalho, ia mergulhar nele a partir de amanhã para se afundar debaixo dos relatórios. Quanto a seu divórcio, o ditado era conhecido: casa de ferreiro, espeto de pau etc. Aqui era a mesma coisa; os advogados advogavam pavorosamente mal suas próprias causas. Em boa parte porque se casavam freqüentemente entre si, para anular o efeito. Ernest pediria a Berthier para cuidar do seu caso. Além do mais, na qualidade de solteiro empedernido (Berthier alcançara o grau de celibato em que se esquece a existência das mulheres), ele faria tudo para acelerar as coisas. Entre homens que iam se ferrar de todo, um tinha que ajudar o outro. Não, sem brincadeira, esse Berthier ia ser perfeito. Ele até mereceria ter sido mencionado antes nesta história.

*

Hector ficou abalado com a situação difícil do irmão, e mais ainda com uma coisa estranha: Ernest, até então campeão quase olímpico da felicidade, afundava justamente no momento preciso em que ele mesmo via finalmente *la vie en rose*. Seus pais não tinham querido dois filhos ao mesmo tempo; em outras palavras, não podiam estar os dois juntos, ao mesmo tempo, sentados no mesmo barco. Podia-se dizer que a roda tinha girado e que era a vez de Ernest viver, e para a maior alegria de Hector, uma vida de deprimido. Era uma esquizofrenia aquela vida de irmãos.

*

Esta suposição da roda girando entre os irmãos parecia bem absurda, pois Hector não estava no apogeu de sua forma. Os períodos ingratos espreitam sempre por trás das alegrias. Isto podia parecer ridículo, sobretudo num tal contexto (uma Brigitte tão bela, uma empresa em plena expansão, uma criança nos planos para mais tarde), mas Hector parecia efetivamente febril. Durante toda aquela manhã estivera andando em círculos, e ainda se sentia incapaz de escapar do círculo. Brigitte, num vestido leve que todo verão merece, acabara de sair do apartamento. Hector parecia um pobre coitado. Sequer ostentava a barba do homem cansado; seus pêlos não eram os de um vencedor, mais parecendo os dos empregados na segunda-feira de manhã. É certo que até uma ostra teria se aborrecido na sua companhia.

Um pouco mais tarde, lá está ele sentado em sua poltrona. Atrozes pensamentos circulam por sua mente. Diante do vidro lavado no sábado precedente, ou tinha sido um sábado mais afastado (a lembrança lhe voltava muitas vezes e ele não conseguia mais saber a data exata daquele momento em que tinha sido feliz como nunca), ele permanecia silencioso. A evanescência captada, a sensualidade apreendida, ele teria podido morrer naquele dia, pois Thomas Mann escrevera: "Aquele que contemplou a Beleza já está predestinado à morte." Brigitte lavando os vidros, era um pouco sua Morte em Veneza pessoal. Mas Hector não sabia quem era Thomas Mann, por isso podia sobreviver. A incultura salva um bocado de vidas. Ah, aquele sábado à tarde! Mítico momento em que o tempo, em respeito a tamanha beleza, deveria ter parado! Hector, diante do vidro, ainda e sempre diante do vidro, chora de amor. Podia alguém amar tanto uma mulher? Uma mulher em toda força de sua fragilidade. Era esse instante que ele revivia na memória. Esse instante da limpeza que ele não havia escolhido, assim como não se escolhe uma paixão à primeira vista. Se todos os casais voltam incansavelmente ao local onde se encontraram, Hector tinha de fato o direito de reviver aquele momento em que Brigitte tinha lavado os vidros. Esse momento seria a peregrinação de seu amor.

Então ele passou o dia sujando o vidro.

Sujar um vidro limpo tentando parecer que ele se sujou naturalmente não é um exercício assim tão simples. E Hector, antes de alcançar a verdadeira perfeição da ilusão natural, tentou em vão diversas fórmulas. Após tentativas sucessivas, terminou por alcançar a perfeição no que, de fato, tem que ser considerado como uma nova arte. Sua composição vitoriosa foi a seguinte: algumas marcas de dedo cuidadosamente dispostas, uma mosca apanhada em pleno vôo depois esmagada imediatamente (a rapidez desta execução é fundamental uma vez que uma mosca agonizante, em seus últimos estertores, suja mais do que uma mosca já totalmente morta), um pouco de poeira da rua e, para coroar o conjunto, um indispensável e leve fio de cuspe...

Hector falava no telefone com seu irmão – me emprestaram um estúdio o tempo de eu me mexer, e então foi rapidinho, diz Hector para fazer uma brincadeira, e Ernest riu para dar a impressão de ter entendido – quando Brigitte chegou do trabalho. Mal desligou e foi logo justificando sua ausência do trabalho com uma dor de cabeça. Brigitte esboçou um sorriso:

– Você é tão patrão quanto eu, não tem que me dar satisfações!

Não havia tempo a perder. Brigitte devia notar a sujeira da vidraça. Imediatamente, ele se viu diante de um dos maiores desafios de nossa humanidade: tentar fazer com que uma pessoa descubra aquilo que ela não tem intenção de ver. Hector, todo apressado, pensou em dizer da maneira mais neutra possível: "Ora vejam, os vidros estão sujos." Mas retratou-se; não era possível. Com toda certeza ela lhe teria perguntado por que ele, que tinha ficado em casa o dia inteiro, não tinha aproveitado o tempo para passar um paninho com pschitt... Esta possibilidade, que podia acabar virando briga de casal, devia ser descartada. Ele devia atraí-la até a sala e fazer com que ela descobrisse o segredo. Então, era praticamente certo que ela limparia na mesma hora; ela não deixaria o vidro continuar naquele estado. Mas foi interminável, mais parecia o mais longo dos dias. Brigitte tinha milhares de coisas para fazer na cozinha ou nos quartos, e quando finalmente, milagre da noite, ele conseguiu atraí-la para a armadilha da sala, ela não olhou uma única vez na direção da vidraça. Vai ver estava fazendo de propósito, a danada. Hector dava pulinhos na frente da janela, depois abaixava depressa a cabeça. Ela ria de suas idiotices, que marido engraçado eu tenho. Ele lamentava amargamente não ter forçado o traço, não ter cuspido de uma vez algum tipo de ranho bem óbvio. Talvez ainda fosse tempo, bastava que ela virasse as costas e ele ia se atirar para sujar mais ainda! Irritadíssimo com a situação, extenuadíssimo pelo desejo incontrolável, sentia-se incapaz de esperar mais. Optou, pois, pela solução mais medíocre e

agarrou Brigitte pela cintura. Diante da janela envidraçada, propôs-lhe contemplar uma das paisagens mais românticas que existem.
— Querida, se você levantar os olhos, poderá notar uma coisa bem estranha...
— Ah é? O quê?
— Bom, imagine que estamos olhando para o prédio da frente...
— Sim, e então?
— E então, e então, que coisa louca... E olhe, dá para ver o que está acontecendo nos apartamentos.
— Sei... É o que se chama de cara a cara. Me diga, sua dor de cabeça, não melhorou... (Após um tempo.) — Mas este vidro está um nojo!
(Satisfação do caçador ao capturar sua presa, êxtase do guerreiro na conquista, a vida é doce como certos gânglios na pele.) Sem surpreender ninguém, foi adotando um tonzinho melífluo para mostrar espanto:
— Ah é? Você acha que ele está sujo? Eu nem tinha notado...
— Não sei como você pode não ter notado... nunca vi uma vidraça tão nojenta!
Brigitte tomou uma atitude com a despreocupada facilidade das mulheres que nunca estão desprevenidas. Hector, sem conseguir refrear uma pequena ereção, recuou três metros para se largar na poltrona. Parecia uma pedra de gelo deslizando para o fundo do copo de bebida um segundo antes de flutuar. Brigitte, não sendo dotada de olhos na nuca, nada notou. Ela não viu o marido, e menos ainda a baba escorrida que ele deixava escapar, baba que começava a se espalhar pela gravata que não tinha nada a ver com a história.
Foi então.
Foi então que o telefone tocou.

Hector não se deixou perturbar, todo o resto deixara de existir. Brigitte, no final do terceiro triiim, virou-se e perguntou se ele esperava responder antes da morte de quem estava chamando (Brigitte era portanto uma mulher engraçada). Ela não notou a baba de pedigree mais do que evidente, nós ainda estávamos na fase do amor cego. "Já estou indo", apressou-se a dizer. Era preciso mais do que tudo não contrariá-la, era como se estivesse grávida. Aquele que telefonava na pior hora merecia no mínimo que lhe arrancassem as mãos, e as cordas vocais, e os cabelos. Hector caminhava de costas, com os olhos fixos no espetáculo. Tirou o aparelho do gancho, deixou-o agonizar alguns segundos no ar e desligou-o, menosprezando todo seu fundamento.

– Era engano! – gritou maquinalmente.

Voltou a se sentar. De repente, sem saber direito como, se viu tragado pela emoção. Soluços varreram seu rosto, assim como os homens de Magritte caem do céu. Hector não sentia saudade de nada, nada. A beleza daquele instante acabara de se repetir. Sem a surpresa da primeira vez, mas mesmo assim havia a mais, na magia dessa segunda vez, uma inacreditável dose de apreensão, uma angústia da decepção, e, numa apoteose, para sobrepujar a adrenalina, a devastação do alívio. A vidraça limpa, a cortina vermelha. Brigitte desceu da escada mas não pôde se mexer porque Hector se atirara a seus pés e suspirava obrigados. Tratava-se necessariamente de uma manifestação do humor temível de seu marido, e então ela também começou a rir. Começou a rir como uma mulher que acha idiota o homem que ela ama.

IV

Laurence suspendeu o prato para respirar a plenas narinas a emanação dos enroladinhos. Ela se sentia bem em sua cozinha toda moderna, e aproveitava aquela tarde de sábado com amigos para relaxar; dentro em breve estaria nas finais de uma competição primordial para sua carreira internacional. Seu treinador havia lhe dado dez dias de licença, mas ela não conseguira deixar de ir bater uma bola e trabalhar aquela sua mítica pegada de punho, enfim, sabe-se. Marcel tivera a boa idéia de convidar Hector e Brigitte para jantar. Ela estava feliz de rever o amigo de seu marido. Não sabia exatamente por quê, mas já há quase dois anos ele evitava deliberadamente cruzar com ela. Enfim, em todo caso tinha uma vaga suspeita. Hector tinha um medo pânico dela desde aquela estranha história de apalpação de testículos. Contudo, em seu próprio ponto de vista, aquilo não passara de uma demonstração de afeição. Era, pois, também para esclarecer as coisas que ela o chamara na cozinha.

Socialmente, ele não podia recusar.

Ele adentrou a sala de preparação dos enroladinhos, com o rosto branco e o sangue frio. Ou o contrário.

— Posso ajudar você em alguma coisa? — perguntou ele.

— Sim, adoraria que nós dois conversássemos, um segundo... de fato, é isso... não entendo por que você vem fugindo de mim há tanto tempo... Quando você foi para os Estados Unidos, eu acreditei que era por minha causa...

Enquanto dizia o que acabara de dizer, Laurence avançou lenta mas seguramente na direção de Hector, ela queria pacificar suas relações, desculpar-se por sua agressão sexual, porém, olhando ali para ele, esse melhor amigo de seu Marcel, uma pulsão baixa a descontrolou, pulsão irreprimível como no tempo das tragédias de Racine. Então ela se precipitou sobre ele, Fedra dos enroladinhos, mas, querendo agarrar de novo os testículos de Hector, sua mão chocou-se contra uma superfície dura. Prevendo aquela noitada, e devido a uma apreensão de todo justificável, Hector protegera sua entreperna com um suporte atlético de jogador de futebol. Laurence gritou, e na mesma hora todo mundo acorreu à cozinha. Foram às pressas para o Pronto-Socorro, e o diagnóstico não teve apelação: Laurence tivera o dedo mindinho luxado. No dia seguinte, a notícia foi longamente relatada nos jornais esportivos: Laurence Leroy faz forfait. Os dois fãs que ela tinha em Évry choraram.

Hector se sentiu culpado. Todo atleta profissional devia ter o direito de apalpar os testículos de quem lhe agradasse, sobretudo nada de contrariedades. Gérard, por exemplo, antes de Ouarzazate-Casablanca, precisara espairecer as idéias. Ele sentia-se muito em falta, o que era uma impressão bem pesada de carregar (lembremo-nos de que ele já tinha que assumir sua atração anormal pela lavagem de vidro brigittiana). O moral dos franceses ficaria em baixa por causa dele. Junto com a equitação e a esgrima, o pingue-pongue é um de nossos grandes orgulhos. Nós somos um povo físico! Mas eis que não somos mais nada além de um monte de mindinhos luxados.

O que acaba de ser relatado não é absolutamente exato, e essa escapulida da realidade deve ser atribuída a Hector. Sua imaginação tinha viajado na direção do pior. Claro que Laurence tinha se machucado, mas graças a um amigo quinesiterapeuta, tinha conseguido se restabelecer e participaria da final, ufa. Ela ficou contudo mentalmente fragilizada e, pela primeira vez depois de doze anos, pediu a Marcel para acompanhá-la. Excessivamente emotivo para seguir as partidas de sua amada, ele nunca quisera ir junto. No contexto do mindinho luxado, ele ia ter de superar sua angústia. Para enfrentar essa situação, não teve outra solução senão suplicar a seu amigo Hector que viesse com ele. Embora o pingue-pongue fosse disparado o esporte que menos lhe interessasse, sua culpa ainda fresca o forçou a aceitar. Partiram naquele sábado para ficar fora o dia inteiro. Hector perguntou a Brigitte se aquele deslocamento não planejado no mínimo seis meses antes não a incomodava. Nem um pouco, ela se apressou a sossegá-lo; ela era uma mulher perfeitamente capaz de improvisar um sábado inteiro como aquele. E depois, já saindo, com a voz mais neutra possível, acrescentou:

– Vou aproveitar para fazer um pouco de arrumação.

Frase que na mesma hora ficou no ar para se tornar o único ar da cabeça de Hector. Como ele podia pensar em outra coisa? Ela faria um pouco de arrumação, ela faria um pouco de arrumação. Grandes baforadas de angústia o assaltaram. Não ousava colocar a questão que o obcecava, não ousava perguntar sobre os detalhes dessa arrumação. Mas ela dispensou qualquer interrogação nesse sentido, pois acrescentou que aproveitaria para lavar os vidros. Naquele momento, e de forma absolutamente brutal, ele tornou a pensar na sua tentativa de suicídio. Mas depois tentou se reequilibrar, era um homem afinal! A primeira idéia que lhe veio foi limpar ele mesmo os vidros no sábado de manhã; pelo menos teria certeza de que ela não o faria na sua ausência. Ou então ele podia anunciar a Brigitte que ia chover muito no domingo, anúncio que tornaria caduco um empreendimento de lavagem de vidros, a água da chuva adora estragar os vidros limpos. Dezenas de desfiles invadiam sua cabeça, nada podia angustiá-lo mais do que não assistir a uma eventual lavagem, simplesmente aquilo não era concebível. Viu-se diante de um espelho, e graças a essa visão tratou de expulsar de seu espírito, na hora, o desfile ziguezagueante. Estava tremendo, e por conta desse movimento soltava pérolas de suor. Sentia que seu destino novamente lhe escapava e que ele se tornaria mais uma vez um monte de carne exposta a demônios obscuros. Um eterno retorno esperneava dentro dele.

Nós tínhamos, perdão, subestimado a propensão de Hector a ser bizarro. É preciso dizer que a decisão que ele acabara de tomar tinha qualquer coisa de chocante; quanto mais não seja para os que não tiveram acesso aos primeiros compartimentos de sua neurose. Ao se ver tremendo e suando alguns minutos antes, acabara tendo uma revelação: não devia jamais impedir Brigitte de lavar os vidros. Seu problema não era ela fazer a limpeza, mas, sim, o fato de ele não estar presente. Conseqüentemente, considerou que não tinha outra escolha senão colocar uma câmera num canto do apartamento. Câmera secreta, evidentemente; e quando ele voltasse iria se deleitar com as imagens. Pronto, já tinha a solução. Ele poderia partir no sábado com a mente tranqüila, e dar apoio a Marcel que daria apoio a Laurence. Desse dia em diante não apareceu mais no trabalho, tendo adquirido um equipamento de desempenho suficientemente garantido. Não lamentou todos os momentos passados lendo revistas sobre a tecnologia de ponta e os móveis modernos; chegou a ficar satisfeito pelo fato do tempo ter sido proveitoso. Durante todas essas diligências, não pensou nem por um instante no Hector de antes, aquele que era capaz de agir com a única intenção de obter um objeto. Como fazia para não compreender a que ponto tinha recaído? Sua doença, acometendo-o de novo, havia lhe vendado os olhos.

Felizmente a gente tem um amigo, ainda e sempre, capaz de esclarecer para nós a nossa própria vida. Mas a de Marcel também não ia lá das pernas. Egoisticamente, ele sabia que se Laurence tivesse a infelicidade de perder a partida, o clima na casa ficaria dos piores, embora sempre fosse possível imaginar a organização de um bom picadinho com purê de batatas. Esse não era evidentemente o pensamento principal de Marcel, e seu coração se unia inteiro em ondas cósmicas com o sub-Deus encarregado das questões ligadas ao pingue-pongue. Não fazia o tipo orgulhoso, leves pontadas no estômago o incomodavam. E foi finalmente por causa desse mal-estar que os dois amigos terminaram falando da lavagem de vidro. Querendo distraí-lo, esperando assim atenuar as escapadas gástricas de seu amigo, tentando por todos os meios desviar a atenção para um outro lugar, desse homem que por pouco o asfixiava, Hector achou que agia certo contando suas últimas peripécias. Começou então a explicar como ele havia escondido uma câmera no alto de um móvel, câmera que dispararia a cada movimento no espaço de uma vidraça suja. Seu desempenho foi coroado de grande sucesso, pois Marcel, chocado com o que acabara de escutar, interrompeu no ato todos os seus peidos. Contrariado, pediu algumas informações complementares: como tudo aquilo havia começado, como havia tido uma idéia tão maluca etc. Mal terminadas as explicações, fez conhecer a atrocidade de seu diagnóstico.

— Hector, você remergulhou!
No primeiro momento, Hector pensou em piscina. Depois tirou a cabeça da água para compreender o sentido figurado da palavra 'remergulhou'. Precisava de silêncio para digerir o terrível anúncio. Estava tudo de acordo, cada parte de sua nova paixão se encaixava, instante por instante, na sua vida de antes. Essa fascinação fulminante por um objeto, e a vontade incontrolável de colecioná-lo. Essa fascinação fulminante por um momento de sua mulher, e essa vontade incontrolável de revivê-lo. Ele pronunciou então, destacando cada sílaba, esta sentença: "Eu coleciono os momentos em que minha mulher lava os vidros." Hector repetiu cento e doze vezes esta frase. O suor, o frenesi, ele colecionava um momento de sua mulher. Ainda e ainda, o choque da evidência. E quanto mais ele pensava, mais ansiava por uma pequena dose de lavagem de vidro; ele já era um viciado. Tentou não chorar, mas como fazer para não pensar nesta terrível questão: era possível ser um outro homem? Ao encontrar Brigitte, acreditara alcançar a maravilha da unicidade, a mulher entre as mulheres, única em cada um de seus gestos, única em sua maneira única de mordiscar os lábios, de passar as mãos no cabelo de manhã, com sua graça e sua elegância, mulher entre as mulheres, única ao abrir as pernas. E no entanto, nada a fazer, sempre a mesma porcaria, lancinante e absurda, sempre essa vida de verme da terra a ter que se virar numa terra reduzida.

Marcel lhe emprestou o lenço. Prometeu levá-lo a Deauville para comer mariscos. Tudo iria melhorar. Essa idéia dos mariscos podia ter acabado com ele mas, de maneira surpreendente, Hector readquiriu algumas cores. A lembrança da lavagem o fez esboçar um sorriso (uma brecha na sua boca). O mal-estar paradoxal do colecionador é que ele encontra em seu vício a maior fonte de prazer. Transformado em coleção mental, o momento da lavagem de vidro se tornou sua possibilidade de não viver uma vida apática (numa sessão de psicanálise lhe diriam que ele tenta matar o pai). Quando Brigitte lavava os vidros, era seu refrão, era a canção que cantam os namorados sob a chuva. O absurdo da sua vida tinha o charme dos clichês. Então ele não era infeliz; bastava simplesmente pensar em seu segredo. Para se sentir bem, tinha encontrado a solução: não procurar se curar! Era exatamente isso e pronto. Ele gostava das lavagens de vidro de sua mulher como outros gostam de ir às putas ao passear com o cachorro. Ele ia pôr em execução uma enésima vida subterrânea. Claro, havia uma parte não negligenciável de risco: filmar sem que a mulher da sua vida soubesse, já vimos coisa melhor para a paz do lar.

Marcel adorava comprar jornais quando tomava o trem; jornais simples que só traziam notícias sem importância, modas de verão e gente famosa. Embaixo do cotovelo estava um jornal semanal que fazia a cobertura *do estranho caso dos desaparecimentos*[1]. Duas jovens tinham sido seqüestradas num mesmo bairro de Paris. Podia-se ler tudo sobre a vida delas, mas não havia dado algum a respeito do seqüestrador. Hector, ainda inteiramente perplexo com sua resolução, pensou que jamais conheceria o seqüestro de sua personalidade. Chegou-se finalmente a uma cidade que se parecia com Saint-Étienne. E Laurence

---

[1] Se estamos mencionando este caso de desaparecimentos, é porque ele tem sua importância em nossa história. Aqui, nada jamais é supérfluo, não toleramos a gordura.

ganhou sua partida de 23 a 21. Ela ficava boazinha quando ganhava.

V

Brigitte não se deu conta de nada, a câmera tinha sido de uma discrição digna de um documentário sobre animais. Hector, ao voltar, fez como se nada tivesse acontecido, o que foi inacreditavelmente fácil, uma vez que fazer como se nada tivesse acontecido era a atitude para a qual ele tinha mais disposição. No sábado à noite transaram tentando chegar ao maior esgotamento possível, para que o domingo, dia por vezes difícil de matar, passasse no torpor de uma recuperação física. Mas afinal teriam feito melhor se abstendo, pois ocorreu um acontecimento grave (e estranho para pessoas que consideravam o domingo um dia difícil de matar): era Mireille chamando no telefone com uma voz trêmula, um problema de sopa, pensou Hector; mas definitivamente foi muito mais grave, pois a ligação era para avisar que o pai tinha morrido. "Ah meu Deus...", suspirou Hector. E três minutos mais tarde não estava sentindo mais muita coisa. Com exceção, talvez, de alguns gluglus dentro do estômago, sinal de que estava com fome.

A morte tem seus defeitos, ela estorva a vida dos que estão bem, deixando em seus braços os que não morrem. Uma mãe, por exemplo. Devia-se sempre morrer em grupo, seria como uma viagem organizada. Hector não sabia bem por que todos esses pensamentos cínicos lhe passa-

vam pela cabeça, talvez fosse o efeito da morte, ela endurecia a gente de uma vez por todas. Hector não chorava, mas Brigitte, adorável perspicácia, compreendeu que alguma coisa acabara de acontecer. Ela se aproximou de seu homem que de repente tinha uma cara de criança, e passou uma mão delicada na sua bochecha.
– O que foi que aconteceu?
Hector pensou nesse momento, era um eco de seu delírio cínico, que ele poderia obter qualquer coisa daquela mulher. Quando se perde o pai, quanto se pode ganhar de lavagens de vidro?

Ernest era o irmão mais velho, então ele se encarregaria de acolher a mãe. Hector passou a noite com eles. Havia também Justine, que voltara ao domicílio conjugal depois de ter tentado a vida de solteira. Eles haviam tido a sua crise, e depois pronto, esqueceram tudo. Hector pensou na mesma hora em sua história da sorte por turnos. Na sua cabeça, o retorno de Justine anunciava o fim próximo de sua pseudofelicidade. Nenhuma dúvida: uma ameaça cármica pairava sobre os dois irmãos, eles não podiam ser felizes ao mesmo tempo (pelo menos os Karamazov eram todos três unidos na tristeza). Irmãos têm a obrigação de se ajudar. Pois é, ele não era capaz de agüentar nem um aninho de tristeza, um aninho que fosse, o cavalheiro precisava se rejustinificar. Para relaxar, Hector foi comprar uma sopa de pacote e preparou-a para a mãe. Isso ia lhe levantar o moral, sua sopa de todos os dias. Mas afinal acabou não sendo o caso. Os dois irmãos estimulavam Mireille para que ela se alimentasse um pouco, pelo menos para sobreviver até a hora do enterro, e ela acabou aceitando e se viu cara a cara com uma dolorosa revelação: a sopa de pacote era boa. Todos esses anos ela tinha comprado, lavado, limpado doze milhões de legumes para, no momento em que seu marido morre, se dar conta de que nossa sociedade moderna fornece deliciosas sopas prontas. Entrou numa depressão que só teria fim no seu último sopro de vida. Hector acusou o golpe, e acrescentou essa nova culpa à soma das culpas que tinha que suportar para o resto da vida.

Nos poucos dias anteriores ao enterro, Hector havia andando em círculos, atitude que começava a caracterizá-lo. Concentrava-se em sua idade e considerava, pela primeira vez, que não tinha filhos. Quando morresse, quem iria ficar andando em volta do seu túmulo? Quem viria jogar flores? Ninguém; sem progenitura, os túmulos continuam túmulos e não conhecem jamais a delicadeza das pétalas. A Hector parecia que ele sempre estivera à procura de uma boa razão para fazer um filho e que acabara de achá-la ali, na evidência de sua futura solidão. Tornava-se mesquinho, agarrado a seus benefícios vitais, não dava para gostar muito dele nessas ocasiões. Em seguida à leitura de um artigo a respeito das melhores posições com vistas à procriação (o lado operativo de Hector, seu gosto pelas coisas eficazes), ele agarrou Brigitte como um animal no cio. Ela achou que ele tinha necessidade de se consolar da morte do pai copulando assim de qualquer jeito. Sobre este ponto, ela não estava inteiramente errada. Mas engravidar não estava nos seus projetos. Então, quando ela compreendeu as veleidades de expansão familiar de seu marido, confessou não estar preparada.

Propôs um cachorro, só para irem se habituando devagar.

Chovia naquele dia, era tão clichê! A morte é sempre um clichê. Ninguém inova e faz fanfarrices no dia da sua morte. Seja lá como for, esticados somos todos parecidos. As mulheres estavam vestidas de preto; e os saltos-agulha lembravam ao defunto o tique-taque do relógio que ele não ouviria mais. As lágrimas da mãe corriam docemente. No seu rosto se podia ler a vida vivida, e a vida curta que lhe restava viver. Colocaram uma pequena placa diante da sepultura:

Ele gostava muito de seus bigodes

Hector parou nesta palavra, bigodes. Seu pai estava nesta palavra, a morte do pai estava nesta palavra. Sentiu de repente o bigode como um peso que era retirado, o pêlo se elevava aos céus. Sempre vivera na angústia e na carência, sempre encerrado na insignificância de uma sala com um grande relógio. A morte do pai, ele pensava nela usando essa expressão: e todas as suas inquietações desapareciam, todas as coleções, todas as necessidades de sempre se proteger; de um pai morto não se pode esperar nada. Nos tornamos responsáveis por nossa couraça. Ele levantou os olhos para o céu, sempre os bigodes, e, na frente do céu, uma grande vidraça se inseriu. Uma vidraça que Brigitte lavou na hora.

VI

Como uma mulher da qual só tiramos a roupa parcialmente, Hector esperara vários dias antes de olhar a fita gravada. Guardara-a num canto sossegado da sala e agora que se iniciava uma fase da tarde em que ele não era visto nem conhecido, podia considerar passar a terceira página da sua coleção. Bem sentado, o telefone desligado, Hector ia se deleitar com esse momento delicioso. Na mesma hora sentiu alguma coisa estranha: como explicar, era a primeira vez que ele olhava Brigitte enquanto ela achava que estava sozinha. Não era uma modificação importante para um não-conhecedor de Brigitte, mas cada modificação de comportamento, por mínima que fosse, saltava aos olhos de Hector. Ele achou que ela ficava menos ereta. Era uma questão de milímetros, um quase nada fútil, mas num vídeo escondido viam-se todas as modificações da mulher amada. Resumindo, era entediante assisti-la. Ela não brilhava na tela. No melhor dos casos, teria figuração garantida num filme italiano de tevê de domingo à noite. Hector reagiu. À espera do momento fatídico, estava criticando inconscientemente tudo o que não era este momento. Brigitte devia ser limpeza de vidro, ou não devia ser.

Hector apertou a tecla *pause* e contemplou cada milímetro da batata da perna brigittiana. Acabara de ter uma idéia, uma improvisação na felicidade: era preciso acrescentar música às imagens! Pensou em Barry White, em Mozart necessariamente, na música do filme *Car Wash*, mas finalmente optou por uma canção alemã muito conhecida cuja letra era mais ou menos assim: *nanenaille, iche-nanenaille, nanenaille, iche-nanenaille* (tradução fonética). Quando se filma a mulher lavando uma vidraça, não se economizam detalhes. Tudo tinha que ser perfeito. O prazer sensual é uma ciência física da qual cada um possui seu próprio Einstein. Para ele, essa música alemã excitava. Brigitte estava maravilhosa; pela terceira vez, ele a via em toda pureza de sua exibição feminina. Parou a fita por diversas vezes. Seus olhos, arregalados como uma boca antes do espirro, absorviam cada partícula do filme. Hector tornava-se inteiramente dependente das lavagens de Brigitte, chegando até a experimentar um nãoprazer na satisfação (difícil, às vezes, fazer amor com uma mulher tão amada). Claro, ele ainda era capaz de captar o *carpe diem* de um vidro limpo mas, como todo judeucristão morador de Paris, foi tomado por uma culpa *rive gauche*. O prazer satisfeito tem sempre esse tom malévolo das eras colaboracionistas. Sentia-se sujo, seu pai acabara de morrer e ele ali, se excitando de forma baixa. Sua vida inteira não tinha sido senão uma grande hipocrisia, ele era medíocre e a vergonha andava em cima da sua cara. A vergonha mancava em cima da sua cara.

Foi então.

Sim, foi então que a gravação parou pois Brigitte desceu da escada e saiu do foco. A imagem seguinte foi o retorno de Brigitte, mas dessa vez ela estava acompanhada de um homem. Sim, um homem! Hector quase sufocou, embora não tivesse nenhum *pretzel* agonizando no horizonte de sua laringe. Ele não teve tempo de apertar a tecla *pause*; e é assim que se iniciam os grandes dramas de nossas vidas. O homem e a mulher (sim, Brigitte se tornara 'a mulher', impressão súbita de conhecê-la menos) discutem alguns segundos, e suas bocas estão próximas, bem próximas, bocas imundas. Devido a nanenaille, iche-nanenaille, nanenaille, iche-nanenaille, não dava para entender claramente o que eles diziam. Nota-se quase um clima *nouvelle vague* nesse clima de traição corporal. Mas, seguramente pouco cinéfilo, o homem se transforma em animal, baixa as calças e afasta as coxas de Brigitte; a coisa toda foi executada, estava ali gravado, em menos de doze segundos.

Stop (Hector pára a fita).

Em um primeiro momento não refletimos, pensamos em nos atirar pela janela, pensamos no corpo do outro homem, pensamos no momento em que ele estrebucha em cima de Brigitte. O infame sequer lhe deu tempo de lavar os vidros; é claramente um perverso. E dizer que ele estava com um amigo assistindo a um jogo de pinguepongue; sempre detestara este esporte de merda, um esporte inventado para fazer os homens virarem cornos. A carne de Brigitte conspurcada num sábado à tarde, mais parece noticiazinha de jornal de cidade do interior, se é que isto existe, ela deve ter algum laço familiar com esta coisa do sexo masculino, algum lance consangüíneo, para ter esse caso asqueroso, esse caso que deprecia a humanidade. Tinha que respirar para conseguir retomar as rédeas, e retomar as rédeas era apanhar esse maníaco para lhe torcer o pescoço. Só que ele não sabia nada em matéria de violência; algumas vezes brigara por causa de objetos, mas nunca ultrapassara o cabo fatídico da agressão física. Um suor frio apoderou-se dele à lembrança das costas peludas do desconhecido, costas largas como uma mandíbula de tubarão, ela o enganava com um neandertal de sábado. A debilidade possível de sua futura ação ganhava terreno no seu cérebro de timorato. Existiam provavelmente outras soluções, pensava em contratar um matador, uma ação limpa e profissional, uma bala na nuca, e aí ele ia bancar menos o esperto com sua coisa *ad vitam* amolecida, sua imunda coisa que havia explorado o mítico interior de Brigitte. Mas francamente, onde encontrar um bom matador em plena sexta-feira, no meio da tarde? Tinha medo que lhe passassem um estagiário que iria se esquecer de queimar o nome do mandante antes de apertar o gatilho, se é que é possível, nem sequer lubrificado.

Hector não lera Aragon, mas afinal nem é preciso ler Aragon para saber que o prazer sensual é uma ditadura. A tirania por excelência, que só se derruba derrubando a si mesmo. Então a idéia de encontrar um matador, a idéia de encontrar um homem para fazer o serviço, torna-se absolutamente ridícula depois que se roça, por um único e severo instante, a idéia de felicidade. Deixar Brigitte queria dizer, irremediavelmente, que eles não se veriam mais; e não se verem mais queria dizer, irremediavelmente, que ele não assistiria mais às lavagens de vidro. Sua inteligência, estimulada pelo temível choque que acabara de viver, nos coloca diante de belas verdades evidentes. E dessas evidências decorre uma verdade única: a impossibilidade de falar com Brigitte a respeito do que ocorreu. Era preciso preservar custasse o que custasse a coleção 'lavagem de vidro'; não colocar nada em perigo, ele estava pronto a passar por um covarde. Ser covarde, sim, mas pelo prazer. Podia-se ver nisso um vício, muito embora toda sensualidade seja sempre o vício do outro: os sadomasoquistas devem julgar bem pervertidos os apreciadores de papai-mamãe. Hector fora apanhado na armadilha do prazer sensual. Portanto, não tinha escolha, e quando Brigitte chegasse à noite ele a olharia direto nos olhos e lhe daria seu mais belo sorriso, aquele que tinha sido testado no dia do casamento.

Aquele sorriso era mesmo bem apreciado.

Terceira parte

UMA ESPÉCIE DE DECADÊNCIA

I

Não é mais idiota ficar com uma mulher que engana você para vê-la limpando os vidros do que fazer a volta ao mundo só para ver um instante a beleza do lóbulo da mulher amada, ou do que se suicidar como Romeu e Julieta (com toda certeza, essa Julieta devia ser uma campeã de limpeza de vidros), ou ir colher edelvais para sua bela do senhor, ou ir até Genebra só por um dia para procurar o Ritz que não existe mais, ou sentir necessidade de viver faz-de-contas sensuais, ou do que amar em você essa maneira de se parecer com um bigode staliniano, é tudo parecido, portanto Hector não tinha que se sentir culpado por seu pequeno desvio sensual. Cada um tem sua própria infelicidade de amar. Mas fazer com que uma mulher acredite que não sabemos que ela nos engana facilita a paz doméstica. Depois da tarde que ele acabara de passar, Hector não era contrário a um pouco de repouso na mentira. Não conseguia mais olhá-la exatamente como antes; era, no caso, bem pior, uma vez que ele tinha uma visão permanente do amante. Quando olhava para a mulher, ele via uma mulher dentro da qual tinha se fincado um brutamontes com cara de *apparatchik* tcheco. Como havia um bom filme na televisão naquela noite, dava para agüentar. Ficariam no divã, um divã é uma coisa boa, é como se fosse uma criança recém-adotada, e compartilhariam um belo momento de gentil americanização. Brigitte estava estranhando a atitude de Hector. Tentava saber o que ele tinha, e Hector, sem outra alternativa, na melhor tradição dos pânicos repentinos, encadeava diversos 'nada nada' que soavam, diga-se de passagem, bastante lamentáveis. Desesperado, ele deu uma rápida olhada no vidro e constatou sua decepcionante limpeza; teria ainda muitos dias, talvez muitas semanas, de espera sob o suor de um outro homem. Mentiu dizendo que estava com dor de cabeça (era a terceira vez que se servia da mesma desculpa naquela noite) e, de novo, Brigitte lhe preparou duas aspirinas efervescentes dentro de um copo d'água. Foi a sua sexta da noite, e àquela altura ele começou a sentir um começo de dor de cabeça.

Sistematicamente, as noites de sexta-feira desembocam em sábados de manhã (nenhuma capacidade de nos surpreender). E, há uma semana, no sábado anterior, Brigitte enganava Hector nas condições atrozes que todos conhecemos. Como por acaso, nesta manhã, mal enxergando o despertador, ela perguntou pela programação do marido (o adultério dela parecia ser tão bem regulado quanto um relógio suíço). Por que ele estaria com cara de ter um programa? Hector nunca tinha nada previsto, muito menos nos dias em que sua mulher procurava se informar com vistas a poder copular logo que ele virasse as costas, indo para seu programa.

– Não tenho nada previsto... e você?

Era preciso muita audácia para retorquir assim. Mas madame não vacilou, não piscou, nada, nem um suor (enquanto ele, em situação semelhante, já estaria levantando o braço esquerdo para espantar um enfarte), as mulheres são fascinantes. Na mentira e na verdade, as mulheres são fascinantes. Brigitte tinha, portanto, compras para fazer e depois, no final da tarde, de cinco às sete horas, ela ia ver o irmão. Gérard era um bom pretexto, o que ela poderia fazer com ele num fim de tarde de sábado? Não, não era possível, ninguém iria ver um irmão nesse dia. Meio-dia de terça-feira é que é dia de visitar irmão. E aí o sangue de Hector deu diversas voltas (deu até tempo de bater um aforismo). Estava entrando a todo pano naquele sobressalto de dignidade que todo corno conhece bem. O cavalheiro não queria fazer nada, só esperar tranqüilamente pela próxima limpeza de vidros; mas quando o cavalheiro escutava a mulher detalhando sua agenda de mentirosa debaixo do nariz dele, vinha-lhe a vontade de desmascará-la. Os homens são tão mesquinhos quanto suas resoluções: a dele não agüentou nem a metade do dia. Mal Brigitte deixou seu belo apartamento (tinham sido felizes, no passado), Hector levantou o fone para ligar para o irmão álibi. O sócio confirmou, necessariamente. Como pudera acreditar por um instante que ele a entregaria? As famílias sempre escondem as adúlteras nos porões, são os judeus do amor. Aparentemente seu álibi era plausível, eles precisavam comprar um presente para o aniversário de casamento dos pais. Salafrários, eles estavam é conchavados. A família inteira devia gozá-lo pelas costas, suas orelhas ferviam e apitavam como os trens na fronteira suíça. Devia ter desconfiado, que idiota! Felizmente fora acometido de paixão pela limpeza de vidros da sua mulher; sem esta sorte, nunca teria sabido do complô familiar que se tramava em torno dele. De agora em diante, devia prestar muita atenção e, por que não, considerar a instalação de outras câmeras.

Se Hector tinha acabado de telefonar para Gérard, tivera a obrigação de encontrar um pretexto para essa ligação.

Gérard não era o gênero de homem a quem se telefona sem mais nem menos, precisava de razão. Grosseiramente, e em pânico, Hector não encontrara outra coisa senão propor-lhe uma volta de bicicleta de final de tarde. Apelando a seus sentimentos, conseguiria talvez fazê-lo ceder. Como nós sabemos, ele confirmara com um surpreendente *aplomb*, apesar da tentação ciclística, o álibi de sua irmã. Em compensação, não lhe fora detalhado o risco colateral de uma ofensiva dessa natureza. Gérard, com um bom humor inacreditável, propôs fazerem imediatamente o passeio de bicicleta; é verdade, por que deixar para amanhã quando se pode começar imediatamente? Era de fato um tosco esse Gérard (agora que o casamento estava indo para o brejo, Hector não ia mais se extasiar diante das bicicletas de seu cunhado, nem diante daquela corrida de gentinha magrebina que o primeiro ciclista dopado europeu teria vencido), mas como se tratava de um tosco cuja massa muscular era inversamente proporcional à massa neuronal, era importante, digamos assim, não contrariá-lo. Hector teve que enfiar um short, o que lhe dava a aparência de um candidato de direita às eleições municipais. Olhou-se no espelho para se ver emagrecido, nem era necessário chegar mais perto para verificar as saliências de alguns de seus ossos.

Gérard lhe deu um beijinho, estavam em família. Eu acabei de fazer cem flexões com o braço esquerdo, acrescentou à guisa de boas-vindas. Foram direto para o subsolo, para pegar a bicicleta de um amigo que Hector usaria, bicicleta que estava ligeiramente descalibrada para evitar que o amigo se transformasse em potencial rival. Nas escadas, cruzaram com um vizinho sorridente; embora Gérard fosse de hábito sempre extremamente amistoso, esse específico cruzamento foi de uma frieza bastante estranha (um rápido aperto de mão). Podia-se adorar andar de bicicleta com o cunhado, mas daí a esnobar um vizinho, isto não era muito correto. Hector teve tempo de perceber a incompreensão no olhar do vizinho, mas naquele momento deixou essa sensação escapar. Foi um pouco mais tarde, na ocasião em que o Bois de Vincennes se parecia com uma pista de treino de tanto que eles davam voltas, que se viu tomado por uma dupla impressão:

1) Aquele vizinho era incontestavelmente um amigo de Gérard que ele fingia não conhecer.

2) Mesmo que a segunda impressão tenha sido ainda mais difusa, parecia em vias de ser esclarecida. Hector teve a sensação de já ter visto aquele homem, embora nunca tivesse vindo na casa do cunhado antes dessa história de verificação de álibi. Seria ele uma celebridade? Não, não se esnobam as pessoas célebres nas escadas. Aquele olhar azulado, aquele olhar, ele conhecia, ele conhecia por já ter visto diversas vezes... Ouarzazate-Casablanca! Era um dos ciclistas do pódio!

Ainda estavam andando, Hector olhou o relógio: já fazia quase doze minutos que estavam pedalando. Por que o tempo parecia tão lento de bicicleta? É um esporte perfeito para todos os que acham que a vida passa muito depressa. As batatas da perna e as coxas em ação arejam o espírito, é o caso de se perguntar por que Gérard continua sendo tão babaca. Foi então que, de uma maneira muito inteligente (nosso herói), Hector fingiu um mal-estar e parou no acostamento da estrada. Como grande profissional da medicina esportiva, Gérard aplicou uma série de tapas bem tônicos para restabelecer o moribundo.

– Se você quer continuar, pode ir, eu já estou parando – agonizou Hector. Colocou esse mal-estar na conta de sua falta de treino. Afinal de contas, ele não executava ato esportivo desde 1981, a caminhada para comemorar a vitória de François Mitterrand, como todo mundo; desde então, François Mitterrand tinha morrido em decorrência de uma longa doença longamente escondida dos franceses, e ele nunca mais tinha tido oportunidade concreta para retomar o esporte. A bicicleta batia subitamente o pingue-pongue na lista de seus esportes mais desprezados. Gérard parecia muito chateado pois, para ele, a idéia da família era tão sagrada quanto um rei; ninguém tinha o direito de abandonar um membro familial nos acostamentos das estradas, era proscrito nas leis de sua religião. Mas como seu deus principal era a bicicleta, partiu de novo para algumas voltas solitárias. Hector foi se sentar em um banco para se recuperar, e foi nesse banco que lhe veio este pensamento maquiavélico: denunciar Gérard. Era cada um por si, e se toda a família de Brigitte se unia contra ele, ele devia utilizar as armas que possuía, inclusive a mais baixa dentre todas as outras, a delação. Estava defendendo seus interesses como o primeiro animal a chegar, em tempo de guerra. Não era ele que ia se deixar vilmente espicaçar e morrer em fogo lento sem nunca mais rever uma lavagem de vidros.

No final de quarenta e cinco minutos de esforços, Gérard chegou muito pouco cansado. Ele tinha subido, e sobretudo descido como nunca; os que estavam encostados no bar da porta de Vincennes, Chez Kowalski, podiam mesmo testemunhar essa capacidade de descer. Era preciso de um mínimo de inteligência para mentir e a inteligên-

cia de Gérard, tão festejada por suas atitudes humanas, deixava apenas migalhas aqui e ali. Não chegara, portanto, a pensar em comprar um chiclete. Hector recuou alguns centímetros seu horizonte nasal para poder seguir os feitos de seu cunhado. Foi logo dizendo:
– Eu sei que você não ganhou Ouarzazate-Casablanca.
– ...
– E se você não me disser quem vai se encontrar hoje às cinco com a sua irmã, vou contar tudo para a sua família... E para todos os seus amigos alcoólatras!
– ...
Mesmo que Gérard fosse um tantinho mitômano, todo mundo concordava que ele era uma pessoa calma. Não estava acostumado a ser agredido (já tinha havido polêmica a respeito dessa corrida, mas a questão fora resolvida há muito tempo, e na sua cabeça, enterrada; claro, as mentiras são Lázaros sempre prontos a se erguer como o milagre de uma nova luz...), e é por isso que sua capacidade de responder ficou bloqueada por um instante. Teve uma expressão que lembrava a calma antes da tempestade, hum, e, mal se recobrou do que acabara de escutar, atirou-se violentamente em cima de Hector. Quebrou-lhe dois dentes e depois parou:
– É melhor resolvermos isso na minha casa!
Hector tentou por todos os meios se retratar, mas ele havia ferido o nervo sensível de Gérard. Era sua vida inteira, Ouarzazate-Casablanca; o pedestal sobre o qual ele havia instalado seus dias. Nenhuma negociação era possível; em dois tempos três movimentos, as duas amostras dessa mesma família se encontravam dentro do subsolo de Gérard. Um pouco mais cedo naquele mesmo dia, quando tinham vindo pegar no mesmo subsolo a bicicleta do amigo, Hector não notara o imenso cartaz do filme *O silêncio dos inocentes*. De repente, veio-lhe à

memória um flash de um segundo, vaga reminiscência de uma discussão pseudocinéfila na qual Gérard praticamente tivera lágrimas nos olhos ao se lembrar das cenas de seqüestro de seu filme predileto.

II

Nesse espaço próximo da agonia, Hector pensava novamente nos momentos em que a carne finalmente o libertara do infinito idêntico de sua vida. Contudo, os detalhes inesquecíveis dos primeiros momentos de seu amor por Brigitte vinham enevoados no vapor de um prazer soberano, sutilmente tirânico. Quase não sentia os golpes que lhe aplicava Gérard (existe um estranho estágio no qual a dor se aproxima da sensualidade), e o sangue dentro de sua boca se transformava em produto de limpeza para vidros. Ele não suplicava, não dizia nada. Atado como um presunto de contrabando, esperava mansamente a morte sobre um cais, na esperança de que não haveria atraso como da vez precedente. Claro, ele não ia morrer; mesmo que Gérard tivesse pouca experiência em matéria de brutalidade excessiva, ele sabia, e isto graças a seus conhecimentos cinéfilos, que bastava simplesmente provocar medo no infame traidor que ameaçava falar. Tinha, pois, a intenção de parar com os socos assim que escutasse a promessa eterna de silêncio eterno de sua vítima. Mas em vez desse silêncio, via-se diante de um sorriso. Hector, mergulhado em um êxtase julgado perverso pelo carrasco, descobria um prazer quase masoquista. Gérard não compreendia: em *O silêncio dos inocentes* a vítima não sorria; bom, tudo bem, ela era decepada, mas considerando os

socos que havia aplicado (seus punhos estavam doendo), esse cunhado a sorrir com todos os dentes menos dois lhe parecia uma visão alucinante. Gérard começou subitamente a tremer diante daquele a quem torturava. E, um minuto mais tarde, atirou-se nos seus joelhos:
– Sim, é verdade... Eu nunca ganhei a Ouarzazate-Casablanca! Perdão, perdão!
Hector voltou de sua viagem sensual. A dor dos socos impôs-se de repente por todo lado. Prometeu não dizer nada para ninguém; de todo modo, não estava mesmo certo de possuir ainda uma língua capaz de formar palavras. Tentou se levantar, e Gérard ajudou. Uma grande incompreensão do que lhes havia acontecido os perturbava. A luta opusera duas pessoas dóceis, todos dois agredidos em suas sensibilidades: a glória potencial para um, o potencial erótico para o outro. Dois dóceis presos na armadilha da ambição de salvaguardar, custe o que custar, a pele de onagro de suas vidas.
Diante desse ponto em comum, eles se abraçaram.

Hector voltou para casa caminhando, descobrindo vagamente as referências geográficas, sem rumo. As pessoas o olhavam na rua, o que não lhe acontecia desde o dia de seu suicídio; podia, pois, classificar definitivamente este dia na antilista de suas glórias. Entrou numa farmácia para comprar alguma coisa para se desinfetar, para colar uns band-aids no rosto. As numerosas feridas o obrigaram a se cobrir quase que inteiramente. Enquanto ia andando ouviu uma voz comparando-o com o homem invisível. Que besteira, não se pode parecer com o homem invisível, pois ninguém nunca o viu, o tal homem invisível.

Na portaria do prédio, Hector acendeu um cigarro para grande assombro de seus pulmões. Fumou como um adulto, engolindo volutas natimortas. Depois do cigarro, se nenhuma mulher caísse do céu, quem sabe podia tentar continuar a viver normalmente. Suas idéias retomavam uma forma coerente ao se encadearem. Arrependia-se de ter pretendido chantagear o ciclista. Tudo seria mais simples se as mulheres que amamos não lavassem os vidros. Transbordando de amor, quem sabe se resignasse a esse desvio sexual e perdoasse. Será que deveriam procurar um psicólogo para casais aberrantes? Ouviriam o porquê das pessoas terem tanta necessidade de outros corpos para prosseguir na vida, o porquê delas serem carnívoras que se nutrem de carne estranha. Se sentariam em um divã, o doutor ia querer vê-los também em separado. Para comparar, para equacionar o problema, para compreender por que a mulher de Hector, mulher tão erótica em sua insignificância, sentia necessidade de ser agarrada de pé na sala familial. É claro que havia uma razão para isso.

Hector recuperou a consciência de sua dor. Espantava-se com o fato de ter voltado aos tempos gloriosos de suas fases lamentáveis. Como pudera aceitar tal humilhação? A limpeza de vidros era sublime, mas tinha ele o direito de se rebaixar a tal ponto? Como no momento mais intenso da colecionite, esmagava sua dignidade por um objeto. Era exatamente esse o seu problema, não se considerava mais do que um objeto. Ele não era nada, e no momento em que pensou esse pensamento passou diante de um espelho para se lembrar bem de sua invisibilidade. Eu sou um objeto, pensou. Para se curar, talvez devesse tentar colecionar a si mesmo! Quis sorrir mas estava preso nos curativos anti-sépticos. Não queria voltar para casa;

olhou para ver se havia luz. Não, ninguém. Sua mulher talvez estivesse tendo um orgasmo naquele momento.

Hector não tinha mais lágrimas.

Longe do hipotético orgasmo de sua mulher, Hector escorregou numa massa mole e recendente. Havia muitos cachorros nesse bairro quase chinês. Quatro adoráveis cretinos pararam diante do amador de patinação não artística, não para ajudá-lo a se levantar, mas para lamentar todos juntos terem perdido um tombo como aquele. Ele se levantou, com mais medo do que dor, como se diz; mas, freqüentemente, esquecemos que o medo é um osso pequenininho situado perto do quadril. Mais tarde, quando estiver no médico, terça-feira próxima no final da tarde, o doutor Seymour tentará encaixá-lo entre duas consultas diz Dolores a assistente interina, porque havia insistido para ver esse radiologista, vão lhe confirmar uma rachadura no medo.

Estava fazendo uma semana que ele era oficialmente corno. Tinha o direito de contar o que bem entendesse. Tinha até mesmo o direito de festejar este título de glória. Muitos homens sonhariam em ser cornos, só para poder enganar por sua vez, enfim, sem culpas. Ao que parece, ele adaptava suas inopinadas teorias a seu estado de futuro eremítico. Não havia nenhuma dúvida a respeito deste desfecho pois se dizia que as mulheres eram muito mais coerentes que os homens. Ela ia deixá-lo, portanto. E então ele seria apenas um homem largado. A idéia da cama vazia que se desenhava na sua cabeça o fazia sufocar. Seu amor ia embora e ia deixar os lençóis frios. O café também iria ficar eternamente frio (mas como fazer o café?). Ele passaria os dias diante da televisão, e seu pijama teria manchas indeléveis. Esquecer que ele também tinha sido um homem capaz de fazer a barba de manhã. E depois, não, não era possível! Ele recusava esse destino de medroso depressivo; devia considerar sua vida com mais ambição. Ele ia mudar, ele tinha que mudar! Por amor, sentia-se pronto a dispensar lavagens. Ele perdoaria o corpo peludo daquele outro homem, o corpo feliz daquele outro cérebro absurdo. Perdoaria as hesitações da carne, as necessidades de se introduzir seja como for para existir! Cada um conhecia os sentidos de seus desvarios. Então era preciso aceitar sem procurar muito entender.

Pegá-la pela surpresa, ele não via nenhuma outra estratégia para reconquistar a mulher. Abrir seus olhos através do inesperado. Pensou em recebê-la com um jantar suntuoso, ela que chegaria com um suor estranho. Também era possível tratar o adultério através do amor. Ela apreciara o assado de Laurence, daquela vez. Infelizmente sua resolução parava na intenção, pois ele não estava em condições de preparar o que quer que fosse. Então a levaria ao restaurante, e para festejar essa saída inacreditavelmente surpreendente, ela envolveria o corpo num vestido de princesa. Seria a felicidade, o restaurante. Haveria candelabros que mergulhariam na semi-obscuridade as falhas evidentes do casal. Essa idéia da noite em que tudo recomeçaria fez subir o moral de Hector, moral que se acreditava morto. Ele entrou no prédio, esquecendo-se de que não estava no auge de sua aparência física. O cheiro de defecação canina persistia de tal maneira que dava a quem estivesse ali o direito de perguntar o que esse cachorro podia ter comido.

Por sorte, ele não cruzou com ninguém nas escadas. Por azar, ao entrar em casa com sua cara de coisa nenhuma, surpreendeu a todos os que procuravam surpreendê-lo já há mais de uma hora e que, com essa soberba arte de estar alerta, começaram a gritar: "Feliz aniversário!" Ele reconheceu Marcel, Brigitte, Ernest e os outros. Tinha que ser mesmo um babaca para ter nascido naquele dia.

III

Hector era exatamente o tipo de homem que não suporta que lhe organizem aniversários; na sua cabeça, via só conspiração. Tinham falado dele pelas costas, tinham planejado a surpresa como outros fomentam traições. Sem contar que ele não os ajudara com sua surpreendente iniciativa: ir andar de bicicleta com Gérard, que idéia! Os cretinos ficaram um pouco assustados; mas logo se sentaram em cima de suas patas de organizadores de surpresa (verdadeiros profissionais). Ele nem sabia direito que idade tinha. Essa gente toda de inacreditável humor tinha com certeza preparado um bolo que não ia deixar de lembrá-lo. Era por isso que estavam todos ali, para festejar a contagem regressiva, para comprimir sua falsa juventude em chantilly. Com a cara que ele estava, o clima se estragou. Perguntaram o que tinha acontecido com ele. Hector constatou que no dia em que ele se encontrava diante de todas as pessoas que ele conhecia, sua aparência era de quem estava no oco da onda. Havia nisso o sinal incontestável de vida social fracassada. Contudo, essa queda do moral coletivo foi efêmera. Quem organiza um aniversário surpresa se vê na obrigação de demonstrar exageradamente seu bom humor (é preciso ser convidado para ter o direito de fazer cara feia). Sentiam-se todos responsáveis por infligir uma humilhação daquelas a Hector. Então foram soltando seus sorrisos melífluos. Sem perder a pose, a família e os amigos entoaram a canção clássica. Nesse caso, nunca há surpresa, sempre se canta "parabéns pra você...".

Como quase sempre (é um mau hábito), Hector quis morrer na mesma hora. A vergonha que estavam lhe infligindo era incomensurável. Ele que estava decidido a mudar, ele que havia decidido assumir a ninfomania nascente de sua dulcinéia, era esmagado justamente em sua tentativa de se tornar um homem responsável. Estavam brincando com ele, desde sempre e para sempre. A começar pelos pais que tinham decidido botá-lo no mundo só para se vingar da partida do irmão. Não se fazem dois filhos com uma distância de vinte anos, ninguém tem esse direito... Ele não se mexia, imobilizado no mal-estar de ser ele. Naquele instante, teria dado tudo para ter por todo lado objetos protetores, coleções imensas de selos ou de palitos de aperitivo, que o esconderiam dos olhos de todos. No meio deles estava sua mulher, sua Brigitte. Então ela não estava com o amante; ela ainda o amava um pouco. Era vago como sensação, nuance ínfima, mas ainda assim ele experimentava o doce eco da esperança: ela ainda o amava... Ela preferia seu aniversário à atividade corporal com um outro. Afinal não era tão inútil nascer um dia, e festejar esse dia. Ela o amava... Em cima desse pedacinho de amor que restava ele queria viver seu futuro, como um náufrago numa ilha deserta.

Mireille, sua mãe, aproximou-se dele para saber o que o seu queridinho tinha. Era preciso haver muita gente para ela o chamar de queridinho. Esse retorno brutal à realidade não teve outra conseqüência senão fazê-lo fugir. Ele desceu as escadas, mas não todas. Em outras palavras, pulou um degrau. Foi parar, depois de uma tropeçada bastante espetacular, no andar do vizinho. Incapaz de se levantar, sentiu-se como um animal de caça ferido por um caçador bêbado de vinho. Brigitte, que saíra correndo atrás dele, abraçou-o para acalmá-lo. Hector tremia. Não tinha quebrado nada, mas a tropeçada, acrescentada aos diversos contratempos do dia, o tinha apavorado. Esse dia começava a lhe parecer um pouco longo. "Não fica nervoso não, meu amor, eu estou aqui..." E lendo com precisão na dor de seu marido, ela acrescentou: "Pode deixar, vou dizer para eles irem embora."

E então os convidados deixaram o aniversário abortado.

Depois que subiram de novo para o apartamento, ela o colocou na cama. Sentia dor por achá-la assim tão bela, e suas outras dores quase desapareciam diante desse excesso inútil. Ela o despiu e passou uma esponja morna nas vermelhidões de seu corpo. Não sabendo bem por onde começar, não ousava ainda perguntar o que lhe tinha acontecido. Também não compreendia por que ele tentava lhe sorrir. Ele estava tão feliz por ela estar cuidando dele! Ela o amava necessariamente, para ser assim tão carinhosa. Ela o beijava até em cima de uma ferida, na estranha esperança de que sua saliva ácida tivesse o efeito de uma cauterização imediata. Seus lábios também aspiravam o veneno da incompreensão, tinha mesmo que procurar saber? De todo modo, Hector não podia falar. Era Brigitte quem devia falar.

— Seu estado tem relação com o vídeo?... Bom, mas não é isso... Não consigo entender por que você não disse nada... Esperei a semana inteira que você me falasse... Era falso! Uma trucagem! Você só vê o homem de costas, e nós só estávamos fingindo. No dia em que você foi embora, eu descobri as câmeras... E eu não sabia o que fazer. Quis lhe chamar para que você explicasse. Eu me perguntei se você não teria ficado doido. Mas depois preferi me vingar preparando uma cena de adultério... E você, você não disse nada! Acreditou que eu estava enganando, e ficou mudo... Não consigo mais acreditar que você me ama...

Portanto, Brigitte não cometera um ato sexual na sala; tratava-se de uma maquinação. Ela tinha guardado aquilo por uma semana. O sorriso de Hector se abriu inteiramente. A lentidão de seu espírito ainda não lhe havia permitido entender que, agora, era ele quem tinha de prestar contas. De explicar por que havia filmado a mulher da sua vida.

— Por que você me filmou?

Ela fez a pergunta, e lágrimas irreprimíveis afogaram a pergunta. Nadavam na incompreensão. Hector procurou tranqüilizá-la com o olhar, dizendo o quanto ele a amava. Ele queria torná-la eterna por seu amor. E foi no âmago dessas esferas desprovidas de características reais que ele pensou em sua resposta. Ele tinha escolha? Se ela amava, saberia compreender, não? Abandona-se um homem que confessa adorar acima de tudo o jeito como você lava os vidros? É uma declaração como qualquer outra, uma devastação particular da sensualidade. As mulheres amam os homens originais, os marginais, não? Afinal, para saber o que as mulheres amam, é preciso pelo menos conhecer os dois, pensou Hector. Ele se levantou e tomou a mão de Brigitte, essa mão que ele havia visto antes de ver seu rosto, freqüentemente encontramos a mulher da nossa vida diante dos livros. Estavam os dois andando na direção da sala. E o homem mostrou o vidro com o dedo, e a mulher diante do vidro continuou na maior incompreensão. Até o momento em que ele explicou:

– Eu queria filmar você lavando os vidros.

Quarta parte

UMA ESPÉCIE DE SENSUALIDADE

I

Persuadido de que nunca mais ninguém ia querer vê-lo de novo, Hector preparava-se para viver o destino solitário de uma chuva de verão. Não temos o direito de não assistir às surpresas que os outros organizam para nós. Brigitte sossegou-o como ela sabia fazer tão bem. Tinha telefonado para a família e para os amigos a fim de explicar as razões da fuga repentina. Inventara uma queda na rua (um álibi concreto). Tinham que compreender, não é? Quem nunca fez a mesma coisa? Só Gérard parecera meio incrédulo, necessariamente, mas como ele freqüentemente não compreendia o que lhe contavam, a irmã nem reparou na incredulidade. No momento, era preciso salvar as aparências, fazer os outros acreditarem que não havia nada de grave, que as quedas eram freqüentes em nossas sociedades escorregadias. Tinha se forçado até a rir. As mulheres sempre conseguem manter o norte na deriva crônica dos homens. Depois de ter afastado as interrogações dos outros, encontrava-se diante da sua própria. Imensa, importantíssima interrogação, interrogação sem o menor eco na história das interrogações. Como reagir diante de um homem que filma você secretamente, que filma enquanto você está lavando os vidros? A priori, depois da irritação inicial, só podia considerá-lo como um doente. E não se abandonam os doentes, sobretudo os que amamos com um amor doentio. Pois ela o amava, não havia dúvida alguma. Permaneceram trancados no apartamento durante vários dias. Ela foi enfermeira. Ele adoraria que essa doença tivesse durado mais, o suficiente para eternizar a sensação de estar sentado na mão do seu amor. A doença fazia dele um objeto. Sentia-se ocupado como um país vencido, nem minimamente responsável por seu corpo. O casal que formavam se aglutinava em silêncio naqueles dias; seguramente, essa fase era necessária antes de ser explicada, de se refletir no futuro. O silêncio pensava a evidência do amor dos dois. Sem as palavras, os gestos tinham uma ternura acentuada. As mãos se falavam à maneira das sombras chinesas, faziam a mímica de doces declarações. Nesses momentos, beiravam a euforia. Uma espécie de êxtase de animais primitivos. Nos últimos dias, Hector fazia caretas para fingir que tinha dores aqui e ali. Entregava-se ao sonho louco de uma vida de ausência de palavras, de homens e de coisas. Uma vida de contemplação de sua mulher.

II

De todo modo, não iam poder viver eternamente aquela vida de eremita. Brigitte queria e devia saber. Por que ele havia filmado, e sobretudo, por que não havia dito nada. Dois porquês cujas respostas desenhariam o futuro deles. Hector era péssimo em explicações. Falar de si o angustiava. Tinha medo de que ela não compreendesse e que ela tomasse um avião para deixar o país, e trens e barcos para se afastar irremediavelmente dele. A primeira palavra que se formou na sua boca foi a palavra 'recaída'.

Lentamente, conseguiu evocar seu passado de colecionador, a derrota com Nixon, a mentira da viagem aos Estados Unidos... Em suma, gaguejava sua vida como num romance. E finalmente confessou que queria colecionar os momentos em que ela lavava os vidros. Era sua nova coleção, a mais absurda, a mais louca, a coleção que comprometia sua vida estável, mas, ainda assim, lembrando-se dela, seu coração palpitava. Nunca tinha sido tão feliz com uma coleção quanto com esta coleção da qual sua mulher era a heroína. Lúcido a respeito do drama que se desenrolava, nem por isso rejeitava o poderio sensual de tais momentos. Brigitte hesitou por um instante em se sentir lisonjeada, antes de admitir o ridículo deste pensamento. Seu marido estava doente. Afinal, de uma maneira ou de outra, poucas mulheres eram capazes de enlouquecer seus maridos só lavando vidros... E quanto mais ela achava inacreditável o que estava escutando, mais ela sabia que não iria deixá-lo.

Hector soluçava. Sua vida nada mais era do que uma longa doença. Culpado por ter recaído de maneira tão atroz, competia a ele assumir a responsabilidade (esta expressão lhe dava náusea) e ir embora. Ele não tinha o direito de estragar aquele amor. Até esta terrível coleção, nunca tinha envolvido ninguém em sua doença. Brigitte lhe era necessária; sem ela a coleção não existiria. A equação era de uma rara perversão. Dramaticamente, foi apanhar a mala. "Eu tenho que ir embora!", gritou erguendo o punho. Mais parecia um ator ensaiando para um papel de dublê. Os que partem dessa maneira tão ostentatória não partem jamais. A mulher começou a rir de suas palhaçadas e de como eles formavam um casal estapafúrdio. Tinha sonhado, nas horas de juventude em que reinam os clichês, com uma vida junto de um homem forte e protetor; juntos, eles teriam filhos: um menino que ia gostar de futebol e uma menina tocando piano mal. Nunca tinha sonhado com um marido que salivasse diante de sua maneira de lavar os vidros. Mas ela gostava mais do que tudo desta idéia: de fato, cada segundo da sua vida não se parecia com nem uma idéia já ruminada.

– Largue esta mala!
Hector ponderou sobre a palavra 'largue'. Ela encostou um dedo na boca do marido, gesto bem conhecido de pedir silêncio. Pegou-o pela mão e lhe propôs irem até a sala. Lentamente, atravessaram o corredor. E na peça onde ocorrera o choque da lavagem, ela pronunciou com uma voz bem Lolita:
– Quer dizer que você adora que eu lave vidros?
Ele balançou a cabeça de cima para baixo. Ela continuou:
– Você sabe, meu amor... Todos os casais têm suas fantasias e suas extravagâncias... E para dizer a verdade, ainda prefiro isto do que se você me levasse a alguma boate de troca de casais... Além do mais, é bastante prático porque assim eu posso limpar os vidros... Não, não vejo nada de complicado, eu acho até que nós somos um casal relativamente normal... E eu, a mulher que você ama, eu tenho obrigação de satisfazer sua fantasia...
Dito isto, ela subiu na escadinha magistralmente prevista para o efeito. Hector, que não concordava com a palavra 'fantasia' (tratava-se de pulsões irreprimíveis e patológicas, diferente de fantasias, que dá para viver sem elas), não chegou de fato a produzir sons, pois mal começaram os movimentos da lavagem, ficou com a garganta seca. Havia naquela opus uma particularidade sublime que

propelia o momento aos pincaros de sua coleção: essa particularidade era o anúncio propriamente dito do momento. Sua mulher o olhara direto nos olhos para lhe dizer: "Vou lavar os vidros para você..." Sem a menor sombra de dúvida, essa lavagem era para ser incluída entre as obras-primas; para não dizer a obra-prima de sua coleção. Sim, era a apoteose. E ele compreendeu o ingrediente mais importante que, além do anúncio, saciava seu prazer: a falta de culpa. Pela primeira vez, ele se deleitava com sua fascinação sensual à luz do dia. Não estava mais soterrado na obscuridade de suas esquisitices.

Uma vez a última sujeira retirada, Brigitte desceu e foi na direção do marido. Hector não sabia como lhe agradecer. Brigitte interrompeu-o:
— Não me diga obrigado... Mais uma vez, isto é normal num casal... E se nós queremos ser um casal que funcione, é necessário que você também satisfaça minhas fantasias...
O espírito de Hector parou por um instante nessa última expressão. Nunca tinha pensado que sua mulher pudesse também ter fantasias. Brigitte era pura demais para isso... Ou então sua fantasia talvez fosse acender a luz, uma vez, acho que foi isso, transando. Acender a luz só para bancarem os malucos. Devia ser essa a sua fantasia. Brigitte tão doce, Brigitte e suas divinas batatas da perna, Brigitte que chegava junto do ouvido dele para revelar sua fantasia.

Hector conseguiu cair embora estivesse sentado.

III

Hector apreciou uma qualidade de sua mulher até então subestimada: a capacidade de entender uma situação. Ela colocara todos dois em pé de igualdade. Transformava-se em animadora sensual para salvar o casal. Equilibrando a relação, aparava as diferenças, tornava porosa a fronteira entre eles. Brigitte possuía infinitos recursos de compaixão; se de repente a compaixão se tornasse vital para os automóveis poderem rodar, os Estados Unidos a atacariam na mesma hora. Ela beijava Hector na penumbra, seus abraços eram cada vez menos sexuais; amavam-se na sua solidão. Permaneciam enlaçados o máximo de tempo possível. Se ele pedisse, ela lavaria os vidros.

Assim seria a vida deles.

Era cedo demais para rever a família e os amigos (tinham fingido uma viagem aos Estados Unidos para não ter que explicar aquele encerramento social)... Decidiram repintar todo o apartamento de branco e deixaram, mais ou menos voluntariamente, a pintura transbordar. Tornaram-se brancos durante alguns dias. Amantes brancos sobre fundo branco.

O amor deles era uma arte moderna.

Claro, nem tudo era assim tão cor-de-rosa. Viver a dois tendo por única ocupação uma lavagem de vidros de tempos em tempos era monótono. Fazer um filho teria ocupado melhor os dois, mas isto era uma coisa que demorava, eles queriam ter o que fazer imediatamente. Para dizer a verdade, eles estavam numa etapa de reconstrução, e nada se podia prever nesses momentos de cura. Todas as outras coleções de sua vida tinham sempre chegado ao fim mais dia menos dia, mas esta última parecia provida de uma desenvoltura mítica. Ele não parava mais de querer ver Brigitte lavando os vidros. Era sempre o mesmo movimento, no entanto tão diferente a cada vez. Um deslocamentozinho do pulso, um leve suspiro entre os lábios, de acordo com o dia e a estação, não se lavam os vidros sempre da mesma maneira. Sua coleção se enriquecia visualmente como nenhuma outra. A chuva por vezes dava novo sabor ao conjunto, o temporal fazia da lavagem uma arte cheia de delicadeza. Mas, uma vez passada a excitação, recaíam com toda força no mal-estar. Restava ficar esperando pela próxima vez, pela próxima vontade. Hector voltava ao estado que havia conhecido durante toda sua vida, a perpétua angústia do colecionador, drogado nas mãos de um poder ditatorial.

Brigitte tinha que sair do apartamento para fazer compras, era preciso comer. Nos corredores dos supermercados ela era uma mulher sem idade. Um rapaz a paquerou no setor de frutas e legumes, era uma mulher desejável, bom número de mãos teriam sonhado um instante em entrar pelo seu decote, chegar até o seio e por lá esquecer os dedos. Esse paquerador de supermercado convidou-a para uma bebida, portanto para cair em cima dela em algum motel vagabundo. Ela se imaginava com as pernas abertas, seguramente um pouquinho de prazer ia ter, assim, por acaso. Tem gente que consegue. E depois, depois mais nada, eles não falariam de literatura; e quando ele abrisse as cortinas, não se abalaria com os vidros necessariamente sujos de todo motel. Ela se entediava antecipadamente. Queria lavar vidros.

Hector também saía. Adorava pegar a linha seis do metrô. Havia muitos trechos aéreos nessa linha. Ele achava que os vidros dos vagões estavam sujos. Ao imaginar sua mulher lavando aqueles vidros, se dava conta do quanto era desagradável ter uma ereção em lugar público. Mas havia do que se regozijar (uma certa idéia de retorno à vida). Contudo, nos túneis, sentia as baforadas do calor. Tinha a impressão de que o metrô se tornava ele mesmo, aquele metrô que era engolido pelos buracos negros. Hector desceu na estação seguinte. O acaso fez com que essa estação se chamasse 'Montparnasse-Bienvenüe'. Sem essa palavrinha *bienvenue*, ele teria seguramente dado fim a seus dias. Era uma estação nominalmente humana, um dos raros locais subterrâneos onde, diante do vazio, não se tinha medo físico de ser empurrado pelas costas.

IV

Lentamente, suas vidas recobravam vida. Tentavam rir da evolução de sua história. Era uma lavagenzinha, depois cama. Hector reencontrava uma postura digna de homem semimoderno. Tinham anunciado oficialmente seu retorno de viagem, ia tudo recomeçar numa bela claridade. Iam finalmente poder realizar a estranha fantasia de Brigitte. Não tinham podido fazer anteriormente, uma vez que essa fantasia precisava ser inventada em casa de amigos. Escolheram Marcel e Laurence (mas será que eles tinham mesmo outros amigos?).

Marcel abriu os braços o mais largamente possível, na medida em que as paredes permitiam. Laurence, toda agitada, acolheu o casal bem depressinha pois estava ainda muito ocupada na cozinha (um assado). Hector, já incomodado, estava apreensivo em relação à noite. Mas sua mulher lhe oferecia tantas lavagens que ele não tinha de fato escolha. Brigitte parecia de repente perversa, em seu rosto chegava-se até a notar alguns sorrisos de mulher fácil. Parecia que sempre participara desse gênero de cerimônia e, suficientemente segura de si, encontrava tempo para fazer seu companheiro relaxar. Para isto não teve outra alternativa senão fazer o seguinte: enquanto os dois casais bebericavam o ponche marceliano, uma raspa de limão e três raspas de surpresa, ela se extasiava com um apartamento tão bonito. Laurence, mesmo sendo uma atleta de alto nível, não conseguia ficar insensível aos cumprimentos por sua maneira de cuidar da casa. Sentia-se orgulhosa pelo fato de uma mulher a respeitar. Mas muito rápido esse sentimento se desfez diante de uma outra constatação de Brigitte:
— Em compensação, se você me dá licença... Eu acho que os seus vidros não estão muito bem limpos.
Hector cuspiu o ponche. Marcel começou a rir até o momento em que cruzou o olhar irado de Laurence. Depois de quase delirar de prazer com os cumprimentos pela decoração, recebia na cara uma crítica a propósito dos seus vidros. Ela balbuciou que efetivamente não tinha tido tempo... Enfim, sim, tinha sido relaxamento... Em suma, estava pedindo desculpas. Brigitte lhe diz que não é nem um pouco grave, e pede desculpas pela franqueza, mas era próprio da amizade, a franqueza, não? Brigitte, movida pela audácia, levanta-se em direção ao vidro.
— Se você não se incomodar, eu vou só passar um paninho com Pschitt para esta sala ficar perfeita...

– Ficou maluca? – insurgiu-se Laurence. – Eu é que tenho de fazer! Estamos na minha casa!

Numa pulsão que ele não pôde reprimir, Hector gritou: "Não, deixe Brigitte lavar os vidros!" Depois, compreendendo a estranheza de seu propósito, e também a maneira súbita como ele havia se inflamado, retomou, menos orgulhoso: "Sim... Hã... Ela adora isso... É isso, é que ela não se incomoda de limpar... bem, você sabe..."

O que eles estavam vendo, Laurence e Marcel, é que tinham convidado para jantar estranhos maníacos.

A jogada de Brigitte fora muito bem-sucedida. Hector de repente ficara muito excitado, pronto para satisfazer a fantasia da mulher. Mas, ao se virar, ela se deparou com dois rostos imóveis. Marcel e Laurence tinham os olhos pregados nela. Era estranho que sua atitude, decerto ousada, provocasse tanto efeito em seus anfitriões. Claro, não era muito comum alguém criticar a limpeza de um lugar onde se é convidada; menos ainda a convidada pretender remediar a situação. Mas a coisa estava virando quase um jogo, não havia razão para cismas. Como ninguém falava, ela se sentiu na obrigação de se justificar: "Não, mas... era só para rir!" De repente, Marcel e Laurence se descontraíram e voltaram à realidade sem saber bem o que lhes tinha acontecido. Começaram a rir, compreendendo o humor de Brigitte. Foram para a mesa.

Hector nem estava mais com muita fome. Sua mulher o excitara bastante e depois mais nada. Era a hora do jantar, mesmo ainda com aquela lavagem inacabada, ou no mínimo sumária, na cabeça. Felizmente, socialmente entenda-se, o assunto do jantar concentrou-se, no momento, nos Estados Unidos. Assunto que eles desenvolveram de forma automática, como nos bons e velhos tempos de sua mitomania. Então, quando o assado estava quase pronto, fiel ao ritual, Laurence chamou Hector na cozinha. Ele se levantou suspirando, resignado a ter os testículos apalpados. Como de hábito. Cada vez mais excitado, desta vez tomou a dianteira, e passou a mão nos peitos de Laurence. Chocada, indignada, ela lhe deu uma bofetada na mesma hora: "O que é isso? Não é assim não! Seu cachorro!" Ele ficou sem voz e carregou o assado. Ia inteiramente aturdido no caminho que levava à mesa, ainda espantado com o que acabara de descobrir: que a ninfomania tem mão única.

Brigitte limpara os vidros, Hector, fervendo de excitação, tomara um surpreendente tapa, esse jantar estava prometendo. E a fantasia ainda não estava em marcha. A fantasia dormitava ali, bem próxima da sobremesa. Mas antes era preciso digerir aquele assado meio seco. Porém, diante do que fora dito na hora do aperitivo, estava fora de questão criticar seja lá o que fosse. Está tudo divino, mas será que, pela décima segunda vez esta noite, se pode beber mais um pouco de água? "Vocês estão achando seco? – preocupou-se Laurence. – Claro que não", responderam em coro gargantas secas. Eles teriam mergulhado aquele assado num oceano de molho antes de comê-lo. Por fim, a sobremesa veio completar aquele jantar lamentável: uma ilha flutuante* em forma de apoteose medíocre. A ilha propriamente dita lutava para não naufragar e Marcel, como bom apreciador das palavras apropriadas, rebatizou-a de Titanic flutuante.

---

* Île flottante: clara de ovo batida flutuando em creme. (N. da T.)

Brigitte hesitava: não tinha mais certeza absoluta de querer realizar sua fantasia. Mais do que tudo, não podia assegurar que essa vontade sensual não fosse unicamente uma resposta à lavagem. Uma maneira vital, segundo ela, de equilibrar o casal. Para dizer a verdade, relembrando todos aqueles momentos eróticos na penumbra do seu quarto de adolescente virgem, momentos em que ela se tocava de maneira ainda imprecisa, acontecia-lhe surgir estranhas imagens na cabeça. Imaginava um homem que ela amaria, um homem que por amor a ela seria capaz de... Não, não era possível que uma coisa dessas pudesse ter passado pela sua cabeça... Cada um tinha sua fantasia, ela repetia a si mesma bebendo mais um pouco do ponche forte, ainda bem. Com o progresso da vertigem, ela adquiria segurança, e seu desejo crescente não agonizaria na frustração, ao menos desta vez...

Ela fez um sinal para Hector.

Então.

Então, ele se levantou de repente e começou a tirar a roupa.

Já prevendo o que estava previsto, tinha se vestido só com uma camisa e uma calça sem cinto. Assim, ficou nu em poucos segundos. Terrivelmente constrangido, lançou um olhar amistoso a Marcel. Este, que havia escutado as confidências da lavagem, não chegou a ficar surpreso. Em compensação, Laurence se fez de recatada (decididamente) escondendo os olhos. O sexo de Hector era um sexo bastante curto, pouco volumoso. Brigitte estava cada vez mais excitada com a idéia de que o seu homem era o alvo dos olhares (Laurence tinha finalmente retirado as mãos para analisar a anatomia hectoriana).

– Podemos perguntar o que está acontecendo com você? – perguntou Marcel.
– Nada... É só que eu queria ter a opinião de vocês a respeito do meu sexo. Nada como amigos a quem eu possa fazer esta pergunta. É muito constrangedor para mim, mas eu gostaria que vocês fossem francos...
– Escute, você está pensando que nós...
– Ah, eu já imaginava... vocês acham que ele é pequeno?
– Claro que não, não é isso – tranqüilizou-o Marcel. – É que não vi muitos outros, fora o meu... E Laurence, eu creio que ela só viu uns dois antes do meu...
Laurence por pouco não sufocou. Depois se impacientou:
– Eu acho estes seus modos muito pouco adequados! Você veio jantar na nossa casa, não veio a um clube de suingue! Mas já que está querendo saber, seu sexo está dentro da média, nem mais nem menos... Ele não tem maior interesse, nenhuma qualidade particular... Me parece um pouco torto na zona pré-testicular... (animando-se subitamente:) No que diz respeito à glande, ela é ligeiramente dicotômica... Você tem bem a cara de ser um ejaculador precoce... (gritando:) De um jeito ou de outro, você é um sprinter! Quanto a isso não há dúvida! É uma pica de sprinter!

Ela parou subitamente, observando os rostos alucinados dos convidados. Mas bem depressa a estranheza do momento foi engolida pela estranheza daquela noite. Ninguém tinha mais energia para se deter em detalhes (enfim...).

Hector espreitava com o olhar um sinal de sua mulher; ela permitiu que se vestisse. Feito isso, levantaram-se e partiram agradecendo calorosamente por aquela agradabilíssima noite. Para dizer a verdade, não dava para ficar ali para sempre depois daquele ato terrorista. Além do mais, como é freqüente, uma vez exibidos os sexos, não sobra muita coisa para ser dita. Marcel e Laurence puseram a culpa da súbita extravagância de seus amigos nas costas da recente viagem aos Estados Unidos. Os americanos estão dez anos na nossa frente, afirmou Marcel. Eu não ficaria espantado se dentro em breve os homens mostrassem o seu negócio no final de todas as refeições. No próximo verão, com certeza vão querer ir para Chicago.

Assim, a fantasia de Brigitte era que Hector mostrasse seu sexo. Mais precisamente, sua fantasia era que o cacete de seu marido fosse tema de discussão, que todo mundo o analisasse como a um inseto sob uma lupa. Ela adorara sua carinha toda perturbada de homenzinho querido. Tinha sido tão corajoso que ela lavaria os vidros todas as noites se ele quisesse. Cada um tinha realizado sua fantasia. Eram finalmente um casal como os outros (iriam considerar a compra de uma casa num bairro afastado?). Decidiram voltar a pé. Andavam de mãos dadas sob a lua, cruzando com todos os outros casais apaixonados que andavam de mãos dadas. Paris é uma grande cidade para todos os que se amam com um amor assim comum. Meia-noite. A Torre Eiffel cintilava com precisão, por trás da magia há sempre funcionários públicos. E foi na beira do Sena que Hector teve a intuição seguinte:
– Era aquela mesma a sua fantasia?
Brigitte começou a rir.
– Claro que não, não era uma fantasia! Minhas fantasias são bem mais simples do que aquela... Minhas fantasias são de transar em um cinema ou no elevador... Eu só queria saber do que você era capaz de fazer por mim,

por amor... Pois afinal eu vou lavar os vidros o resto da vida para excitar você... seu perversozinho! Então eu queria verificar se você merecia... Vamos, tenho a impressão de que os vidros estão sujos lá em casa...

V

Tudo estava como nos melhores dias. Hector queria levar Brigitte à Biblioteca, respirar o embrião de seus amores. Diante do Atlas dos EUA, suas mãos se encontraram naturalmente. As mãos não tinham cérebro, mas uma memória do amor. Separaram-se na entrada, para poder criar um acaso diante de seu livro. Brigitte pensou no livro de Cortázar no qual os amantes caminham na rua até o momento de se encontrarem – finalmente. Ela o lera na época de seus dezoito anos, quando estava de férias na casa de um tio meio gordo. Ao passar diante de todos esses estudantes, sua juventude lhe veio à memória. Sua vida lhe parecia surreal, mas ainda assim, contemplando todas aquelas nucas estáticas, compreendeu o quanto amava essa vida fora do comum. O surreal era uma língua que lhe fazia cócegas no coração. Começou a andar mais rápido, era o momento, nos filmes, em que a heroína é focalizada. Nada mais existe além do movimento das pernas. A música sempre estraga essas cenas. Deviam proibir a música se sobrepondo às mulheres, o silêncio é a sua melodia.

Eles se redescobriram diante do livro, e se beijaram diante das encadernações vermelhas.

Muitas vezes basta se estar um pouco feliz para não perceber a infelicidade dos outros. No caso presente, tratava-se mais do contrário. Desde que compreendera a dor de seu irmão, Ernest se aproximara dele. No dia do aniversário, não acreditara no álibi da queda (já tinha sido muitas vezes testemunha dos desvarios de seu irmão mais novo). Hector lhe contara tudo. Persuadindo-o de que eles eram um casal como os outros, Brigitte o livrara da culpa. Agora era capaz de evocar sua fascinação pela limpeza de vidros. Fantasia mais esquisita, pensou Ernest. Então Hector esclareceu que se tratava ainda e sempre da colecionite. Regularmente, sua mulher saciava seus desejos para lhe permitir viver.

– Você é o mais feliz dos homens! – extasiava-se Ernest.

Hector pareceu surpreso, e perguntou se Justine não o satisfazia sexualmente. Era a primeira vez que tinham uma discussão a respeito de suas relações com as mulheres. Ernest, querendo falar de si, começou a gaguejar. A aparência de sua vida bem-sucedida se transformava numa massa incerta, quase fluida. Nunca antes tinha se permitido ser um tema de discussão. Para dizer a verdade, nunca encontrara um ser humano capaz de desempenhar o papel de melhor amigo. E então aquele irmão recentemente desabrochado estimulou-o a se abrir.

Justine não era o problema. Justine tinha um corpo que teria feito qualquer adolescente fazer fantasias e qualquer homem se considerar eternamente um adolescente. Ela tinha uma maneira bastante rara de ficar numa cama. Mas o tempo, em sua tragédia mais clichê, aniquilara seus jogos eróticos. Ernest estava mentindo para si mesmo; ele sabia que se tratava menos de desgaste do tempo do que de seu amor inalterável pelas mulheres. Ele a enganara com Clarisse, e os vestígios das unhas por pouco tinham dado cabo de seu casamento. Talvez as coisas tivessem de acontecer desse modo? Por fraqueza (o casamento enfraquece), por medo de uma certa solidão propícia a todos os desacertos, tinham se reencontrado. Ela o perdoara, o que significava que não tinha conseguido imaginar a vida sem ele. Esse afastamento sexual foi a única vez em que soube que o marido a traía. Estava persuadida de que aquela mulher tinha sido sua única amante. Estava enganada; Ernest nunca deixara de inventar todo tipo de histórias para viver. Obcecado por mulheres, seu movimento e sua graça, não se lembrava de um só instante na vida em que uma mulher, desconhecida ou quase conhecida, não fosse uma idéia fixa para ele. Durante sua hora de almoço, ia para a rua só para ver as mulheres caminhando. Essa tirania ao ar livre fazia dele um escravo da ditadura sensual.

Por que ele estava lhe contando tudo aquilo? Hector achava a história toda bem comum. Era da opinião de que nada havia de patológico naquela paixão, que muitos homens amavam as mulheres de uma maneira excessiva, histérica. Não compreendia como Ernest podia invejá-lo em sua paixão fixa. Sua paixão pela lavagem era inacreditavelmente monogâmica. Não só ele amava apenas sua mulher como, ainda mais, ele amava nela uma ação específica! Para todos os homens esgotados pelo movimento incessante dos saltos altíssimos, Hector podia servir como mito em repouso. O que ele considerava como uma tirania patológica era um paraíso asséptico. Ernest sonhava em amar loucamente Justine enquanto ela lavasse vidros. Ele também adoraria sentir a fascinação sensual sedentária.

Vendo-se sozinho, Hector teve um sentimento de desgosto. As pessoas que admiramos não têm o direito de nos exibir sua fraqueza. Aquele irmão que fora uma referência acabara de se dissipar como o ar de uma bola estourada. Sua mulher havia lhe tirado a culpa, seu irmão acabara de mitificá-lo, e ele, que tinha sido a última das rodas da carruagem social, se tornava de repente um homem estável. Nesse ritmo, não tardariam a considerá-lo carismático. Um homem estável, a expressão o fascinava. Dentro em breve iriam lhe pedir conselhos, e ele saberia responder. Leria as páginas cor de salmão do *Figaro*, e finalmente votaria na direita. Enquanto divagava calmamente (tudo leva a crer que a notícia correu), Gérard surgiu inesperadamente.
– Minha irmã está em casa?
– Não, Brigitte saiu.
– Melhor ainda, é com você que eu vim falar.

Antes, ninguém jamais viera vê-lo inesperadamente.

Hector e seu cunhado não tinham se visto desde a famosa questão da chantagem que teve por conseqüência uma tortura. Aquele episódio, é óbvio, não chegara ao conhecimento de nenhuma outra pessoa; os inimigos na violência com freqüência se unem no silêncio. Todos dois conservavam uma maravilhosa recordação de sua tarde esportiva, e extra-esportiva. Abraçaram-se durante um instante bastante longo, nesse sábado. Gérard escrutou o rosto de Hector e, como conhecedor apurado, admirou sua grande capacidade de cicatrização. Praticamente não existia mais lembrança alguma da surra aplicada. Inclusive em relação aos dentes, já que dois novos dentes lançaram ao esquecimento os que tinham sido quebrados, graças ao carisma de seu cálcio.

Hector propôs um café ou qualquer outra espécie de bebida que provasse sua disposição cordial. Gérard, havia várias semanas, vinha refletindo bastante. Seu cérebro, que não tinha o costume de tamanho empenho, esteve próximo de um superaquecimento quase perigoso. O motivo de suas reflexões: a mentira de sua vida. Não era mais possível continuar assim! Ninguém tinha o direito de se fazer amar e admirar por falsas razões. Contudo, até a ameaça de seu cunhado, conseguira esquecer que se tratava de um produto exclusivo de sua própria mitomania. De tanto alardear suas falsas proezas, persuadira-se de que vencera Ouarzazate-Casablanca. Se todo mundo acreditava, devia ser necessariamente verdade. Além do mais, havia os amigos da fotomontagem (os vizinhos): eles também utilizavam a foto para promover sua presença sobre o pódio da famosa corrida. E todos três viviam se lembrando da corrida, inventando a cada vez detalhes mais e mais rocambolescos. Nessas condições, como não acreditar em tudo isso? Até o dia em que Hector viera abalar o mito de sua vida. Depois da agressão, ele não conseguia mais se olhar em um espelho: do outro lado não havia trapaça. Era um problema de confiança em si. Estava persuadido de que sua vida, sem aquele acontecimento, não valia nada aos olhos dos outros.

Aos olhos dos outros.

Hector repetiu mentalmente esta expressão. Tudo lhe parecia de uma grande simplicidade. Durante sua vida inteira, ao acumular os objetos mais absurdos, ele também tinha querido parecer importante, construindo para

si mesmo uma identidade material. Educado por um bigode e uma sopa, suas referências tinham produzido vento. Ouarzazate-Casablanca era uma coleção como outra qualquer. Cada um achava seu próprio alimento fantasioso. Hector, agora livre de culpas, explicou a Gérard por que ele não devia dizer nada. Era necessário assumir, e conservar, as fontes de suas alegrias.
– Você fica feliz quando fala dessa corrida?
O rosto iluminado de Gérard valia por todos os discursos. Ele não tinha o direito, sob o pretexto absurdo da transparência, de se amputar de sua maior fonte de prazer. Pois era o seu modo de gozar, a admiração que ele suscitava no olhar daqueles que amava. A busca da luz podia ser sadia, mas não necessariamente trazia felicidade. Não havia razão para aniquilar nossas mentiras e nossas pulsões. Apenas admiti-las já bastava. Pensava novamente em seu irmão e no sofrimento dele sob a ditadura das mulheres. Agora era capaz de encontrar as palavras. Gérard observava o rosto de Hector. Após um silêncio, ele confirmou que não era obrigatório confessar. Era o conselho de quem tinha desejado denunciá-lo! Não dava para entender mais nada. E era uma sensação que Gérard conhecia bem, não entender nada.

Convencido pelo cunhado, Gérard respirou fundo, julgando bem absurdas essas semanas passadas na interrogação. No fundo, sabia muito bem que jamais teria podido confessar. Como no caso Romand, teria ficado na obrigação de fuzilar os pais ao confessar-lhes a verdade. Finalmente a irmã chegou em casa. Achou que ela estava bonita, mas nem por isso concluiu que ela se desabrochava completamente. Embora fosse verdade que ela se sentia cada vez melhor. Brigitte se atirou sobre o irmão, de tão feliz que ficou em revê-lo. Apalpou seus músculos e considerou que seu recente desaparecimento resultara de uma grande ocupação em apurar sua condição de atleta de alto nível. Ele respondeu que ela estava absolutamente certa, não sem ter lançado discretamente um olhar na direção de Hector. Este lhe fez um sinal cúmplice. Quando se vive uma mentira bem azeitada, tudo rola com muita facilidade. Os outros passam o tempo imaginando hipóteses, fazendo perguntas, mas ao mentiroso basta dizer sim ou não.

Brigitte, sublime mulher do lar, nunca era apanhada de surpresa quando um membro da família se convidava. Sempre tinha dois ou três quebra-galhos (expressão engraçadinha) que podiam ser esquentados às pressas. Dava para ouvi-la rindo na cozinha, sozinha e tão feliz. Será que ela não está ficando um pouco histérica?, se perguntou o marido. Mas depois pensou em outra coisa, para afastar uma vontade de lavagem que teria sido constrangedora na frente de Gérard.

O telefone tocou.

– Eu estou na cozinha, você pode ver quem é, meu amor?

Hector se levantou. Era Marcel. Então ele não estava aborrecido por causa do jantar nudista, que alívio! Hector não ousara telefonar depois do que havia acontecido, envergonhado demais para explicar toda a história. A voz de Marcel estava inacreditavelmente animada. Laurence estava bem do lado pois dava para ouvir sua respiração alta... Ela cochichou: "Então, o que ele falou?" Marcel tapara o fone para responder a Laurence: "Espere, como é que você quer que eu fale com ele se você está colada assim! Me deixe primeiro melhorar o clima!" Marcel sempre fora inacreditavelmente simpático com Hector, mas a conversa que se anunciava parecia ultrapassar todos os outros momentos de simpatia. Não havia dúvida alguma, Marcel estava puxando o saco do amigo. Dizia que já fazia um tempão que eles não se viam, que estava com saudades, que um dia eles tinham que fazer uma viagem todos os quatro juntos, e uma hora dessas um novo jantar (nenhuma alusão à cena de exibição) etc. Finalmente perguntou como estava Brigitte. Marcel parou e recuperou o fôlego. Sim, como vai ela? Hector confessou que havia notado nela um começo de histeria, e ele riu. Marcel aproveitou imediatamente esse riso para rir também. No final ousou perguntar: "A questão é que Laurence e eu, bem, nós adoraríamos... enfim, pode parecer estranho... que Brigitte voltasse a lavar os vidros aqui em casa..." Hector caiu na gargalhada, era inacreditável ter amigos assim tão engraçados. Ao ver Brigitte sair da cozinha, desligou o telefone, pois eles iam comer.

Quando estavam sentados na mesa, Brigitte perguntou o que eles queriam e, principalmente, se não estavam zangados por causa do outro dia.
— Não só não estão zangados... Mas Marcel acabou de fazer uma brincadeira comigo, perguntando se você não queria ir lavar os vidros deles!
— Ah, que engraçado! Estão se vingando...
Gérard não estava entendendo nada dessa discussão, então voltou ao seu assunto de sempre, Ouarzazate-Casablanca.

VI

Brigitte foi visitar os pais. Tentava ir vê-los uma vez por semana. Quando Hector não ia ver a própria mãe, ele a acompanhava sempre com prazer. Seus sogros teriam sido os pais ideais. Simples, gentis, atenciosos, dava até para discutir com eles uma coisa ou outra. Nos últimos meses, eles tinham envelhecido terrivelmente. Sobretudo o pai, que praticamente não conseguia mais andar. Durante toda sua vida adorara deixar o domicílio conjugal para fazer passeios mais ou menos longos. Ia muitas vezes fumar cigarros nos cafés, jogar cartas e ficar falando bobagens sobre as mulheres. É certo que seu casamento só durara graças a essas escapulidas. Sem poder mais andar, o que mais o incomodava era sem sombra de dúvida ter de ver sua mulher o dia inteiro. A velhice reduz o espaço vital dos casais. Acaba um caindo em cima do outro, como quem se prepara para desistir de tudo. Numa idade em que não se tem mais grande coisa para dizer, era preciso ficar falando banalidades. Brigitte, durante suas visitas, transformava-se em árbitro. Ela só marcava os acertos, mas não procurava de fato reconciliá-los. Seu pai falava cada vez menos, ela sofria por não conseguir mais temas de conversação que o interessassem. Ele nunca queria falar do passado. Nem do presente, e muito menos do futuro. Então ela ficava olhando para ele, para aquele velho que era seu pai. Seu rosto franzido, com uma pele tão encolhida quanto o tempo que lhe restava de vida. Observando-o, muito ao contrário de se deprimir, ela pensava mais do que nunca que era preciso aproveitar a vida. O rosto do pai, na sua decrepitude, havia seguramente pesado em sua atitude durante a crise conjugal.

Brigitte chegava sempre com um jeito muito animado; e, antes de mergulhar novamente no seu nada cotidiano, o pai suspirava: "Ah, é a minha filha!" Ela saía para fazer compras com a mãe, voltava sempre com presentes para dar vida ao lugar. Na ocasião da última visita, a mãe de Brigitte tinha mencionado sua vontade de ir embora da França, de ir morar numa casa de repouso em Toulon. O que tornaria claramente mais complicado para ela e o irmão visitá-los; não seria uma estratégia de afastamento, como um último estágio antes da morte? Ela não queria pensar muito naquilo, permanecia nas coisas mais concretas. Tornava a falar de *Mme* Lopez, a adorável mulher da limpeza que sua mãe dispensara por um motivo relativamente vago: "Ela não sabia fazer nada direito!" Talvez fosse uma maneira de se punir por não se achar mais capaz de fazer as coisas. Brigitte irritou-se e disse que era de fato importante achar uma outra pessoa. Eles não estavam querendo passar a viver na imundície, certo? Ela perguntou ao pai o que ele achava, mas ele estava pouco se lixando. Então Brigitte não teve outra alternativa senão dar uma passada de aspirador e tirar o pó de cima dos móveis. Quando constatou a sujeira dos vidros, ela não ousou. Começou a sorrir, pensando sobretudo no jantar na casa de Marcel e Laurence. Mas depois lançou-se ao trabalho. O contexto era inteiramente diferente!

Ao ver a filha em ação, o pai irritou-se com a mãe: "Na próxima semana, eu não quero nem saber, você vai ter que chamar *Mme* Lopez!" Era exatamente o que Brigitte queria, trazer nova vida para aquele lugar, e que seu pai se interessasse de novo pelo cotidiano. Ela estava lavando tão bem os vidros que a mãe ficou surpresa... A mãe pensou na expressão "até parece que ela faz isto todos os dias" sem saber o quanto tinha razão. O marido lhe pediu delicadamente uma bebida; fazia pelo menos três décadas que ele não pedia alguma coisa delicadamente à mulher intratável. Sua garganta de repente ficara seca. Ela também estava com sede. Embora tivesse a impressão de ter bebido um grande copo d'água cinco minutos antes.

Após dois minutos de uma limpeza efetuada com grande eficácia, Brigitte virou o rosto. A visão lhe lembrava a mesma de Marcel e Laurence. Seus pais, pela primeira vez depois de muito tempo, estavam sentados um ao lado do outro. Realmente unidos na contemplação.
– Como você está bonita, minha filha! – disse a mãe.
O pai, por sua vez, sentiu-se incomodado, perturbado por uma sensação de doce mal-estar. Não podia se permitir confessar – era sua filha adorada – mas tinha a nítida impressão de ter sentido uma ligeira excitação. Ela tinha uma maneira de lavar os vidros tão doce, tão... como dizer... enfim... tão...
– Talvez a gente não precise chamar Mme Lopez... se você não se incomodar, minha querida... você poderia vir aqui lavar os vidros de vez em quando...
Brigitte tinha captado no tom do pai uma fragilidade emocional. Sua agitação era inacreditavelmente enternecedora. Brigitte concordou em fazer. Ela havia pontuado sua concordância com um trejeito delicioso, à maneira das meninas malcriadas sempre perdoadas. Depois de lavar os vidros, beijou carinhosamente os pais. Sentia que alguma coisa estranha tinha se passado. Podia-se acreditar que a partir daquele instante eles iam finalmente ser felizes. O pai fez um esforço, que até então lhe parecera inumano, para se levantar da poltrona e ir até junto da

mulher; na escada, e juntos, eles faziam sinais para dizer adeus. No caminho de volta, Brigitte deixou doces pensamentos fluir em sua cabeça. Parecia-lhe – e era um capricho sublime – que ela possuía de repente o dom de ligar os pais à vida.

VII

Havia nela um não-sei-o-quê de inacreditavelmente erótico. Brigitte lavava os vidros como ninguém. Depois da emoção de ter visto os pais naquela aura de felicidade, ela admitiu a estranheza do que havia acontecido. Depois do marido viciado e dos amigos que queriam que ela voltasse, esta era a terceira vez que ela provocava um prazer próximo do gozo quando lavava vidros. Seu pai tivera o mesmo olhar que Hector. Ela experimentara um constrangimento logo afastado: inconscientemente, ela sabia que era a única responsável pelo fascínio passageiro que despertava. Todo humano devia possuir um potencial erótico fabuloso, mas raros eram aqueles capazes de exercê-lo. Depois de sua adolescência frustrante e de seus primeiros anos de mulher, quando se acreditava incapaz de agradar a um homem, tornara-se uma potência sensual. Lentamente, a excitação subia. Tudo se explicava. As pessoas a observavam na rua, ela dava pulinhos, e um segundo depois não se mexia mais. Era provável que a julgassem louca.

Hector não queria mais fazer a sesta hoje. Estava tentando, em vão, encontrar uma ocupação original. Felizmente Brigitte chegou gritando: "Eu sou inacreditavelmente erótica! A culpa é minha!" Como homem da casa, Hector assumiu suas responsabilidades. Acariciou os cabelos da mulher. Era preciso acalmá-la imediatamente; já não tinha percebido nela um começo de histeria? De fato ela não estava sendo muito clara, estava tudo misturado em seu cérebro, ela tentava explicar ao marido que ele nunca mais tinha tido recaída. Depois que tinham se encontrado, e como ele esperara, não fora mais atacado de colecionite. Ele tentou fazer com que ela se sentasse, tentou lhe servir um *bourbon* bem velho, mas nada pôde fazer, ela o sacudia repetindo: "Mas será que você não entende?" Ele balançava a cabeça preocupado. Finalmente ela compreendera tudo (as mulheres) enquanto ele ainda precisava de um pouco de tempo para compreender (os homens).

*

Portanto, Hector nunca mais tivera recaída. Ao encontrar Brigitte (o corpo da mulher, único) curara-se da colecionite. Mas, singularidade romanesca, fora cair nos braços da única mulher que possuía um inacreditável potencial erótico quando lavava os vidros. Ao desejar reviver o momento custe o que custar, chegando até a filmar o momento excepcional, acreditara-se irremediavelmente atacado do mal, quando na verdade ele era mais do que nunca um homem igual aos outros.

*

Não se pode amar loucamente e desejar acumular outros objetos. Hector sempre tivera certeza disso. Ele era um homem tranqüilo a quem tinham acabado de comunicar, no dia em que tentava evitar uma sesta, o término da sua doença. A partir de hoje Brigitte não lava mais os vidros; é preciso aprender a se abster. O casal estudou os métodos possíveis, e seis meses mais tarde Brigitte não lavava mais os vidros para saciar os desejos do marido; tinham utilizado uma técnica americana que consistia em espaçar progressivamente as lavagens (os americanos têm a arte de considerar como americanas as técnicas evidentes). Às vezes Brigitte, sem dizer a Hector, ainda lavava os vidros para seu próprio prazer, sem mais nem menos, como uma espécie de masturbação. Nesses dias, ao chegar em casa, ele percebia que os vidros estavam limpos; seus antigos reflexos. O casal unido enfrentava de tempos em tempos os princípios de uma recaída, mas os aniquilava com graça.

Agora, tudo pertencia ao passado.

Brigitte e Hector formavam uma união estável que resistira a terríveis peripécias. Eles eram bonitos (pelo menos agradavam um ao outro), estavam relativamente ricos, não tinham mais verdadeiros problemas psicológicos (subsistiam aqui e ali duas ou três fobias mas que certamente não mereceriam um livro), e tinham refeito a pintura de seu apartamento pouco tempo antes. Então o projeto vagamente cogitado por diversas vezes, e sempre adiado, ressurgia finalmente no momento certo: o projeto de fazer um filho. A expressão parecia pesada, aterradora. Chamavam isso de fruto do amor. Para fazer um filho era preciso primeiro fazer amor. Brigitte calculou as boas datas explicando a Hector que se procriava melhor às quintas-feiras. Era um dia da semana que ele apreciava bem. Descansou bem na quarta, e executou grandes performances no referido dia.

Hector nunca se sentira tão orgulhoso quanto no dia em que ficou sabendo que tinha visado certo. O anúncio foi festejado dignamente, e Brigitte começou a engordar progressivamente. Ela queria comer morango, e tinha enjôo. Hector não gostava de morango, que lhe provocava enjôo. Os futuros pais pensavam no futuro da criança, em seus estudos brilhantes, e nas drogas leves que talvez lhe permitissem fumar. A partir do sétimo mês Brigitte ficou verdadeiramente enorme. Perguntaram se ela estava alojando um time de futebol (as pessoas são muitas vezes bem engraçadas). O casal ficava todo o tempo em casa. Hector ia fazer as compras, e nas prateleiras do supermercado nem pensava mais nas coleções. Seu filho, não pensava senão no seu filho. Tinham decidido não saber o sexo. Pela surpresa. Hector sentia um medo pânico de tudo que dizia respeito à biologia; não acompanhava a mulher nas ecografias.

E era pouco provável que ele assistisse ao parto.

Mas, quando o dia chegou, ela suplicou que ele ficasse do seu lado na sala de parto. Suando muito, e com palpitações cardíacas anárquicas, enfrentou bravamente sua angústia. Sua mulher podia ficar orgulhosa dele; em seguida concluiu que ele é que tinha de ficar orgulhoso dela... Brigitte dava gritos, com as pernas abertas. Então era isso o milagre da vida. A parteira anunciou que o colo estava dilatado até a metade, o que queria dizer que ainda faltava uma metade a vencer.

Portanto, o colo dilatava milímetro por milímetro; cada humano, ao chegar à Terra, é um verdadeiro astro. Somos um acontecimento, um feliz acontecimento. A criança aproveitava seus últimos instantes de grande plenitude, e tinha toda razão pois há poucas possibilidades de que um dia possa reviver estas mesmas sensações; a menos que vá tomar banho nua numa água glacial depois de ter bebido três litros de uísque irlandês. Hector saiu. Estava todo mundo lá: sua mãe, os pais de Brigitte, Gérard, Ernest e família, Marcel e Laurence... A maternidade acolhia todos os personagens de uma vida. Estavam dando apoio a Hector, repetindo-lhe que *os pais são os aventureiros dos tempos modernos*. Ele adorava esta fórmula; perguntava-se quem teria sido o babaca a dizer semelhante babaquice, mas ela lhe convinha. É verdade que ele estava com uma cara de aventureiro, com sua barba de três semanas (não podia mais se barbear pois, por solidariedade a Brigitte, ele também preparara uma mala para ir para o hospital no dia do parto; dentro dessa mala ele tinha posto sua bolsinha de toalete). Agradeceu a todo o mundo por ter vindo e prometeu informar qualquer novidade. Que homem ele era, podiam contar com ele nas grandes ocasiões. Ia se tornar pai, e sentia que era um papel à sua altura.

Brigitte gritou, e lhe deram mais peridural. Hector estava de novo do seu lado, parecendo sereno. Ele achava que sua mulher estava bonita como uma mulher que vai dar à luz. Ela empurrava cada vez com mais força. A parteira cortou uma mecha do cabelo da criança cujo crânio viscoso já era visível. Hector contemplou aquela mecha com uma emoção tão grande... De uma maneira ultrafugaz, não pôde se impedir de pensar na coleção de Marcel. Tratava-se de um reflexo de sua vida anterior que ele não dominava completamente; mesmo não colecionando mais nada, com muita freqüência ficava pensando nas coleções. Em suma, foi no espaço de um segundo, mas ele pensou: se é uma menina, eis aí uma mecha que seria a jóia da coleção de Marcel... E se concentrou novamente na progressão de seu filho; este bebê tão inteligente tinha se posicionado corretamente para sair. A segunda parteira apertava a barriga de Brigitte para ajudar a criança a sair. A cabeça finalmente apareceu praticamente inteira; mais parecia um cone. Hector ainda não via nada do filho, mas ele já lhe parecia a encarnação da graça.

Acompanhada pelos gritos de expulsão, a criança saiu e gritou por sua vez. Foi colocada sobre a barriga da mãe... era uma menina! Hector derramou as lágrimas mais bonitas da sua vida. Saiu por um segundo para gritar no corredor: "É uma menina!"
Ele contemplou a maravilha que dava gritinhos nos braços da mãe. Minha filha, minha filha, Hector não conseguia pensar em mais nada. Acabara de se reproduzir. Ela estava viva, a sua filha; viva e única. Ele lera em livros especializados que a criança permanecia durante alguns minutos em cima da mãe antes de ser levada para seu primeiro banho. Estranhamente, a cena não tinha durado mais do que uns trinta segundos. A segunda parteira tinha recolhido a sua filha sem sequer chamá-lo. Nos livros se dizia que quando o pai estava presente era ele quem dava o primeiro banho no bebê. E ali, nada. Nem sequer tinham olhado para ele... Mal tivera tempo de observar sua filha. Continuava segurando a mão de Brigitte quando, de repente, ela apertou a mão dele com força, gritando. Era como se tivessem feito marcha à ré.

Na sala de espera a família toda se abraçava. Uma menina, é uma menina, repetiam todos em coro. Hector não estava enganado: estavam fazendo marcha à ré. Com o cérebro nebuloso, ainda não conseguia precisar mentalmente o que lhe surgia como um estranho conceito. Brigitte, à beira do esgotamento, estava sendo ajudada por uma nova enfermeira e precisava de coragem. Ela apertava com força a mão de Hector. Só então ele conseguiu expressar claramente a evidência: gêmeos! Ela não lhe dissera nada, mas não estava grávida de um só, mas de dois bebês! Faltou pouco para ele desmaiar. A parteira aconselhou-o a se sentar. Sua emoção estava atrapalhando todo mundo. E então ele ficou vendo o nascimento de seu segundo filho. Desta vez tratava-se de um menino! Hector beijou a mulher e, como na primeira filha, o bebê foi posto sobre a barriga da mãe.

— Mas você não tinha me falado nada... — balbuciou Hector.

— Não, era uma surpresa, meu amor.

Hector correu para o corredor e gritou: "É um menino!"

Esta nova notícia mergulhou todo mundo em perplexidade, e principalmente Gérard, que ficou dando voltas em torno desta equação: "Mas é uma menina, ou é um menino... Não se pode ser uma menina, e um menino... Bom, sim, às vezes, pode acontecer... Mas não tão jovem... Ou então..." Pediu uma aspirina a uma enfermeira que estava passando por ali.

Embriagados de alegria, o pai nas nuvens, a mãe zonza, os dois acabavam de se instalar num outro mundo. Hector quis seguir seu filho até a sala onde iam lhe dar o banho, mas novamente uma parteira carregou o menino. Com uma vozinha sumida, Brigitte confessou a Hector: "Eu não lhe contei tudo..."

— O quê?

– São trigêmeos!
Uma contração cortou-lhe a palavra. E Brigitte recomeçou a empurrar com as últimas forças que lhe restavam. Era uma mulher excepcional, três crianças de uma vez só. Hector olhou-a como se ela fosse uma extraterrestre. Ele a amava com um amor superior. Corajosa, botou no mundo uma segunda menina e, aliviada, caiu em prantos. A menininha ia se juntar ao irmão maior e à irmã maior para os exames médicos, e alguns minutos mais tarde a parteira anunciou que os três bebês estavam todos muito bem. Acrescentou que raramente vira acontecer um parto de trigêmeos assim com essa facilidade.

As três crianças foram colocadas uma ao lado da outra; pareciam idênticas como as três peças de uma coleção. Hector estava espantadíssimo de ser o genitor desses três seres humanos. Beijou a mulher, e nesse beijo ele depositou toda a coragem de que iriam precisar. *Os pais são os aventureiros dos tempos modernos*, tornou a pensar nesta expressão. Com três crianças de uma vez só, ele merecia pelo menos ser chamado de herói.

FIM

*Novembro de 2002 – agosto de 2003,
Ouarzazate-Casablanca*

Este livro foi impresso na Editora JPA Ltda.,
Av. Brasil, 10.600 – Rio de Janeiro – RJ,
para a Editora Rocco Ltda.